KB130774

거시기 & 머시기

윤금초

1966년 공보부 신인예술상 및 1968년 동아일보 신춘문예 시조 당선.
시집 『어초문답』 『땅끝』 『해남 나들이』 『이어도 사나, 이어도 사나』 『질라래비훨훨』 『주몽의 하늘』 『무슨 말 꿍쳐두었니?』 『앉은뱅이꽃 한나절』 『큰기러기 필법』 『뜬금없는 소리』, 장편 서사시조집 『만적, 일어서다』, 4인 시조선집 『네 사람의 얼굴』 『네 사람의 노래』 등. 시조 창작 실기론 『현대시조 쓰기』 『시조 짓는 마을』. 에세이집 『갈 봄 여름 없이』 『가장 작은 것으로부터의 사랑』 『사랑의 텔레파시』 등.
중앙일보 중앙시조대상, 고산문학대상, 현대불교문학상, 문학사상사 가람시조문학대상, 한국시조대상, 유심작품상, 조연현문학상, 조운문학상, 민족시가문학대상, 이영도시조문학상, 이호우시조문학상 등 수상. 대산문화재단 창작기금, 조선일보사 방일영문화재단 저술·출판지원금 받음.
현재 시조 전문 교육기관 (사)민족시사관학교 대표, 《정형시학》 발행인.

거시기 & 머시기

—

초판 1쇄 2022년 7월 20일
지은이 윤금초
펴낸이 김영재
펴낸곳 책만드는집

—

주소 서울 마포구 양화로3길 99, 4층 (04022)
전화 3142-1585·6
팩스 336-8908
전자우편 chaekjip@naver.com
출판등록 1994년 1월 13일 제10-927호

—

ISBN 978-89-7944-808-5 (04810)
ISBN 978-89-7944-354-7 (세트)

책 만 드 는 집

시인선 200

거시기 & 머시기

• 윤금초 시집

책만드는집

| 시인의 말 |

새삼 "고전에서 배운다."는 말을 떠올린다.

우리 주변에는 따끈따끈한 '고전'들이 숱하게 굴러다닌다. 이따금 곁눈질하게 되는 김천택의 '만횡청류蔓橫淸類' 성담론은 내 눈맛을 서글서글하게 풀어주기에 모자람 없는 '고전'의 하나였다. 그러나 "구름을 뚫고 들보를 뒤흔드는 소리"의 음일설탕淫佚褻湯 질펀한 해학 정신과 골계미가 어우러진, 고시조에 등장하는 그 만횡청류 스타일 성담론은 요즘 어디로 자취를 감춘 것일까. 인간 욕정을 숨김없이 토로한 성담론 시조를 통해 '서글서글한 눈맛 찾기'가 이리도 어려운 세상인가?

다시 "고전에서 배운다."는 말을 떠올린다.

먼저 성담론을 운위하는 자리에 조선 십대기서十大奇書를 빼놓을 수 없다. 특히 서거정의 『태평한화골계전太平閑話滑稽傳』이나 강희맹의 『촌담해이村談解頤』, 송세림의 『어면순禦眠楯』 등등과 소설가 정태륭의 『한국인의 상말전서』는 이 시편을 풀어내는 데 소금도 깨소금 역할도 함께 해왔다. 이들 '고전'이 다져놓은 성취가 없었다면 아마 이 책의 착상은 엄두를 못 냈을 터이다. 여러 선각의 '고전'에 감사하고 감사한다.

* 「거시기 & 머시기」는 2003년 10월 5일 출판사 고요아침에서 발행한 윤금초 시집 『이어도 사나, 이어도 사나』에 일부(연작 14편) 발표한 바 있다.

2022년 7월

윤금초

| 차례 |

2부

3부

4부

1부

대흥사 속 빈 느티나무는

하 무더운 한여름 밤 네댓 아낙 놀러 나왔지.

대흥사 피안교彼岸橋 밑 으늑한 개울가의, 말추렴 반지빠른 마흔 뒷줄 아낙들이 푸우 푸 멱을 감았지. 유선장 감고 도는 가재 물목 돌팍 위에 웃통이며 속곳이며 훌훌 벗어 던져놓고 멱 감았지, 멱을 감았어. 미어질 듯 풍만한 샅이며 둔부 이리 움찔 저리 움찔, 출렁거리는 앞가슴을 홀라당 드러내고 멱을 감았지. 접시형 젖가슴에 원뿔꼴 유방하며 반구형 사랑의 종 감긴 달빛 풀어내고 물장구 첨벙첨벙 멱 감는 아낙네들 곁눈질하던 저 느티나무, 아니 볼 것 훔쳐다 본 자발없는 관음증 느티나무. 벌거숭이 여인네들 속살 몰래 보기 송구하여 아으! 타는 가슴 쓸어내리다, 천년토록 쓸어내리다,

휑허니 도둑맞은 드키 속이 저리 비었대.

들깨방정 참깨방정

그 작은 옥문玉門 구멍 세상천지 다 열고 나온다.

머리털 세는 줄 모르는 늦바람에 들깨방정 참깨방정 오두발광 떠는 저 씀바귀야. 게으른 여인 일 제쳐두고 그것 거웃이나 세는 고즈넉한 이 늦봄, 요분질 희학질 소리 거시기 질 나자 홀로 된다더니만

옷가슴 풀어 헤치고 속울음 우는 백목련.

드러낸 엉덩이

가을밤 술 거르는 소리
여인네 치마끈 푸는 소리.
놀다 가는 게 정분인가
자고 가는 게 정분이지.
엉덩이
홀랑 드러낸,
물 흥건 젖은 솜다리야.

앵두가슴 처녀

그대 있으면 금수강산,
그대 없으면 적막강산.
정이 불이면 불길 일고
정이 물이면 물결 일어야 사랑이제.
섬 처녀
앵두가슴만
마냥 붉히는
이 봄날.

어떤 호강

샛서방 거시기 맛은 꿀맛, 본서방 머시기 맛은 맹물 맛.

내 샛서방이 남 본서방이고 내 본서방이 남 샛서방이라,

이 호강, 저 호강 해도 거시기 호강이 제일이제.

꽃과부 해산한 날

구름수록 살찌는 건 눈덩이와 논다니인가.

돌확에 길이 나야 사내 맛 또한 그윽해지지. 두레박질 안 하면 우물도 말라 못 쓰게 되는 거구, 계집 골부림엔 가죽방망이가 약인 게여. 도화살 낀 여인이야 오가는 길손 허기나 꺼주고 살수청이나 들어주련만….

꽃과부 해산한 그날 그 꿉꿉한 날씨여.

줄초상 벚꽃

물에 빠진 건 건져줘도 계집에 빠진 건 못 건진다?

봄 한철 이슥하도록 늦바람 감투거리에

줄초상 산벚꽃들이 눈발 날리네, 눈물 뿌리네.

아서라, 달궁

젖은 구멍 길 닦는 데 가진 세간 죄 날렸네.

꿀맛보다 달고 단 건 꽃제비 거시기요, 초산보다 시디신 건 마누라 머시기라. 닷 돈 보고 보리밭 갔다가 명주 속곳 다 버리드키 망신살 뻗치는 여잔 뜨물에도 애가 서고, 남 사정 봐주다가 농탕질 논다니 된다더니만

아서라, 아서라 달궁. 가랑잎으로 뭣 가리는 꼴이람.

사내 양물

장작불하고 계집은 쑤석거릴수록 잘 탄다던가?

사내 양물 좋은 것은 일온一溫에 이양二陽, 삼두대三頭大에 사四넓적이, 오五꼬부랑이에 육장대六壯大라던가.

춘삼월 길난 거시기, 쇠젓가락도 끊는다던가.

처녀, 빼는 맛

장마는 늦장마요, 바람은 늦바람이 무섭다는데

통통한 거시기 뿌듯한 맛, 늙은 거시기 요분질 맛

홍어는 쏘는 맛이요, 처녀는 빼는 맛이라는데.

닳아야 제맛이지

돌확은 새것이 좋고, 살꽃은 닳아야 제맛 난다던가?

마른 데 젖고 젖은 데 마르면 그 허우대 볼 장 다 봤다던가.

꼴 보기 싫은 거시기, 속곳 벗고 덤빈다던가.

뱀 사세요, 뱀

애들은 가라, 애들은 가라. 육허기 든 사람 이리 오세요.

예, 여러분들 이 비암을 잡수세요. 새벽이 돼도 아랫심 없어 텐트 못 치고 양물이 축 늘어진 사람, 밤낮없이 마누라한테 당신이 잘하는 게 뭐 있냐고 달달 달볶이느라 세상살이 하 지겨운 사람, 돈 벌어서 뭐 합니까. 출세해서 어디 씁니까? 이런 양반들, 꼭 비암을 잡수세요. 자고 나면 식은땀 나는 사람, 방금 만난 사람도 잘 알지 못하는 사람, 눈이 침침하고 귀가 먹먹 잘 안 들리는 사람, 한번 웃어 세상 사내 눈이 다 멀게 하는 미인 보아도 아랫것 멍한 사람, 햇미나리 물오른 여자 만나도 가슴 쿵쾅거리는 흑싸리 껍데기 같은 사람, 조금만 걸어도 가운뎃다리까지 다 후들거리는 사람, 몇 계단 올라가도 숨이 턱에 차는 사람, 서 있으면 앉고 싶고 앉으면 고대 기대고 싶고 기대면 눕고 싶고 누우면 스릇 잠드는 사람, 그러나 정작 자려 들면 눈이 외려 말똥말똥해지는 사람, 책을 들면 눈꺼풀 내려앉는 사람, 청승은 늘고 팔자는 오그라든 사람, 정 깊으면 병도 깊다던데 초저녁에 감은 다리 날이 새면 푸는 육허기 든 사람은 다 이 비암 잡수세요, 비암을.

연장도 안 쓰면 녹슬고, 우물물도 두레박질 안 하면 말라요, 말라.

한낮, 희학질 소리

천하 색골 강쇠 놈이 여인 옥문玉門 굽어본다.

이상하게 생겼구나, 맹랑하게 생겼구나. 늙은 중의 입일는지 털은 돋고 입은 없다. 소나기를 맞았는지 언덕 깊게 패어 있다. 도끼날을 맞았는지 금 바르게 터져 있다. 생수 나는 옥답인지 물이 항상 괴어 있다. 무슨 말을 하려는지 옴질옴질 움직이나. … 제 무엇이 그리 즐거워 반쯤 웃어두었구나. 곶감 있고 으름 있고 조개 있으므로 제사상은 걱정 없다.

낮거리 합환 그 자리, 낭자한 저 희학질 소리.

천하잡놈 강쇠보고 대거리하는 옹가네 보소.

이상하게 생겼구나, 맹랑하게 생겼구나. 무슨 일 무슨 수작, 쌍걸랑을 느직하게 달고설랑 냇물가의 물방안지 떨구덩 떨구덩 끄덕인다. 송아지 말뚝인지 털 고삐를 둘렀구나. 고뿔 감기 얻었는지 맑은 콧물 무슨 일꼬? 성정도 혹독하다. 화 곧 나면 눈물 난다. 어린아이 병일는지 젖은 어찌 게웠으며 제삿날 쓸 숭어인지

꼬챙이 구멍 그저 있다. 뒤 절 큰방 노승인지 민대가리 둥글린다. 소년 인사 다 배웠나, 꼬박꼬박 절을 하네. 물방아 절굿공이 쇠고삐며 걸랑 등물 세간 걱정 바이없네.

날치기 벼락치기로 가시버시 되는 서슬에.

* 〈가루지기타령〉 참고.

사나이 살송곳

멧부리는 우뚝한 맛, 골짜기는 깊숙한 맛이지요.

복 많은 과부는 넘어져도 가지밭에 가 엎어진다는데, 뒷산 딱따구리는 생구멍도 잘 뚫는데, 게도 구럭도 다 잃은 앞집 사내 뚫린 구멍 왜 못 찾나. 계집 고운 것하고 바닷물 고운 건 믿을 수 없고, 정이 헤프면 그예 화냥질하지요.

사나이 살송곳 땜에 흥하고 또 망하지요.

맷돌질, 맷돌질

쉬면 시르죽는 게 맷돌질, 풀맷돌질이지.
낮맷돌에 휜 허리를 밤맷돌에 풀자는 게지.
허기야, 인정 많은 여자 속곳 마를 날 없는 게지.

이월 물바람은 정월 산바람보다 맵지.
세월도 가다 말고 제자리걸음 치다 곰이 피는 겐가. 양다리 뻗친 건 스러진 것이고, 외다리 뻗친 건 선 것이지. 공산 짝에 솔 껍데기 비어지듯 삐죽허게 불거지지. 이런 뭣 뜨물로 뒷물헐 것, 아 절구질 세게 헌다고 절구통 밑 빠지는 것 봤어! 놓으면 늘고 쥐면 주는 게 쇳냥이야. 입은 짧은데 침은 멀리 뱉고 싶다? 나가서 밑구멍 동냥질해서라도 우물물처럼 풍덩풍덩 쓰고… 오목 두다 말고 바둑 두는 얘기 허덜 말고, 보리밥 먹고 쌀방구 꾸는 희떠운 소리 허덜 말고, 너는 상행선, 나는 하행선, 가는 데까지 가보자 이거야.
희나리 빼개는 소리, 맷돌짝 굴리자 이거야.

* 이문구 소설 『내 몸은 너무 오래 서 있거나 걸어왔다』 부분 패러디.

2부

구부러진 배터리

엇박자 엇박을 밟고 배뱅이굿 질편하다.

마누라가 영감보고 "저 이불 좀 개 줘요." 푼수 영감 개킨 이불 개犬에게 던져준다. 이번엔 영감한테 TV 리모컨용 배터리 사 오라고 한다. 푼수데기 가라사대 "배터리 크기는요?" 마누라 하는 말이 "당신 물건만 한 크기로 두 개요." 배터리 가게 들른 영감 자기 물건 꺼내 보이고 이만한 배터리 두 개 달라 한다. 놀란 기색 가게 주인 시치미 딱 떼고설랑

"어쩌나~ 우리 가게엔 '구부러진 배터리' 없는데…."

치마끈 푸는 소리

미인 치마끈 푸는 소리, 쭉은* 뭣도 일어선다?

송강 정철과 서애 류성룡이 친구 떠나보내는 자리였다. 이백사 심일송 이월사도 함께 자리했는데, 술이 거나해지자 서로 소리에 대한 품격을 논하게 되었다. 먼저 송강이 "맑은 밤 밝은 달 아래 다락 위에서 구름 지나가는 소리 듣는 게 제일 좋겠지." 하고 운을 떼자 심일송이 "만산홍엽滿山紅葉인데 바람 앞에 원숭이 우는 소리 제격일 거야." 이렇게 받았다. 이어 서애 류성룡이 "새벽 창가 졸음 밀리는데 술독에 술 거르는 소리 으뜸이 아닐꼬?" 하자 이월사가 받아 "산간 서당에 재자才子 시 읊는 소리 아름답겠지."라고 화답했다. 끝으로 이백사가 "여러분 말씀 다 그럴듯하나 개중 듣기 좋기로는 동방화촉 좋은 밤에 가인佳人 치마끈 푸는 소리 어떠할꼬? 해군성解裙聲 말이지요."

치마끈 푸는 소리엔 선비 귀도 쭈뼛했다.

* '밭은' 혹은 '쭈그러진'의 전라도 토박이말.

새벽치기 살보시

새벽치기 살보시는 넌출지고 덩굴진다.

서울 사는 한 생원生員 선영 벌초하러 가고자 새벽에 여종 불러 이른 아침 준비하도록 일렀겠다. 여종이 새벽밥 짓느라고 부산하게 오가다가 창틈으로 엿보는데, 엿보는데, 어머… 생원 부부 한창 열고나게 새벽치기하는 거였다. 왁달박달 뜸베질에 디딜방아 겉보리 찧듯 참 없이 품방아 찧을* 때, 이 방아 저 방아 해도 가죽방아가 으뜸이라며 여종이 적이 비웃으며 물러 나오는데 아, 글쎄…. 마침 절구통 부근에서 수탉거사 암탉보살 쫓아가 그 짓을 하는 게라.

"어머나, 놈들아 너희도 벌초하러 산에 가냐?"

* 졸작 「뜬금없는 소리 15」 일부 재사용.

삶은 가지

청년 때는 송곳이요, 노년 때는 삶은 가지라.

청년과 장년, 늙은이 세 사람 길을 가다 어느 시골집에 묵게 되었지. 나그네 한 사람 주인 아낙네 해반주그레한 용모에 홀려 그만 한밤중 주인 없는 방에 들어 겁탈하게 되었대. 이튿날 처의 고변으로 통정 사실 알게 된 주인, 관아에 고소했대, 득달같이 고소했대. 이를 처결할 방도 막막한 사또 자기 부인에게 물었지. "그야 뭐 그리 어려울 게 있나이까? 이렇게 물어보구려. 그 여편네 일을 당할 때 양물이 송곳 끝 같더냐, 혹은 쇠망치 같더냐, 그도 아니면 삶은 가지 들이미는 것 같더냐고. 물어 송곳 같다면 이는 분명 청년 짓이요, 불 단 쇠망치 같다면 장년 짓이고, 삶은 가지 같다면 그야 분명 노인 짓일 것이외다." 그 이튿날 사또, 몰래 당했다는 여편네 불러 이실직고 다그쳤지, 시퍼렇게 다그쳤지. 앰한 머시기 도둑맞은 주인 아낙 "쇠망치로 치는 것과 흡사하더이다." 토설하자, 토설하자 마흔 남짓 장년 잡아다 엄하게 다스렸지. 과연 장년이 자복할 수밖에. 이에 사또 숨 돌리고 이제 자기 부인 의심한 끝에 저간의 속내평 꼬장꼬장 따져 들었겠다.
"우리 또한 신혼 시절에는 송곳 끝으로 찌르는 것 같았고, 중년에는 쇠망치로 치는 듯 둔중하였으나 요즘에 이르러서는 삶은 가지 들이미는 것 같으므로 이와 같이 알 뿐입니다."

그 사또 머리를 짓찧고 혼절할 지경이었대.

어떤 파파

한
파파 할미가
병들어
죽을 임세 이르렀다.

세 딸 불러 앉히고는 이제 내 죽으면 혼령이 돼서라도 너희들 도울 것이므로 원하는 바를 말하라 했다. 큰딸이 "남자 신낭腎囊은 아무 쓸모 없는 물건이라 이를 양물에 보태 크게 했으면 좋겠습니다." 하므로 "너는 아직 물리 터득 못 했구나. 저울에 추가 없으면 가히 쓸 수가 없느니라." 하였다. 이어 둘째가 고개 들어 이르되 "남자 양물은 때론 움직이고 때론 움직이지 않거니와 원컨대 항상 움직여서 죽지 않도록 했으면 좋겠습니다." 하자 "무릇 각궁角弓은 팽창하여 풀리지 않으면 도리어 탄력 잃어 쓸 수 없게 되는 거란다." 하고 잘못된 어림 바로잡아 주었다. 이어 셋째가 "남자 엉덩이에 큰 혹이 하나 돋게 했으면 좋겠습니다. 행사가 질탕에 이르러 나로 하여금 그걸 잡아당겨 힘을 한층 더 쓰게 했으면 좋겠습니다." 하므로 그 어미 "그래, 그래. 네 말이 가장 묘리를 얻었도다. 절구질 세게 한다고 절구 밑 빠지는 법 없는 거란다. 남자 거시기 쓸모없는 건 첫째가 우멍거지요, 둘째가 물렁이요, 셋째가 당문파當門破*요, 넷째가 시들이란다. 너의 아버지 엉덩이에 만약 그 큰 혹이 하나 붙어 있었다면 내 비록 오늘 당장 죽더라도 여한이 없을 게다."

파파는
훌러덩 드러누워
서방 엉덩이 잡아당기는 시늉을….

* 문 앞에 이르러 턱을 넘지 못하고 그만 스러진다는 뜻.

김밥 옆구리 터지는 소리

아녀자 고운 것하고 바닷물 고운 건 믿을 수 없다.

절집에서 만난 선비들 객쩍은 마누라 자랑 한창이다. 덤덤히 이를 듣고 있던 늙은 스님 "소승은 옛날 한다하는 한량이었지요. 근데 아내 죽은 뒤 얻은 재취가 얼마나 고운지 애지중지 건사했지요. 되놈들 쳐들어와 크게 분탕질하는데도 행여 고운 처를 놓칠까 저어하여 나가 싸우지도 못했습지요. 처를 붙안고 도망치다 말 탄 되놈에게 잡히고 말았습니다그려. 한데 그 되놈 제 처의 미색에 눈이 홀라당 뒤집혀 소승을 결박하여 장막 아래 붙잡아 매고는 아내를 끌고 들어가자마자 운우雲雨가 무르익었지요. 사내는 물론 제 계집 희학질 소리마저 농염하기 그지없어 기가 막힐밖에요. 어라… 한술 더 뜬 제 계집 되놈에게 '남편이 곁에 있어 편치 않으므로 아예 죽여 없애는 게 어떠하오?' 그러는 겁니다. 그러자 되놈 두목 '옳도다. 내 당장 그리하마.' 하는 말을 듣고는 소승 그 배은망덕에 분통 터질 수밖에요. 순간 없는 기운 차력사借力士같이 솟고, 솟구쳐 묶은 끈 우지끈 끊어버렸지요. 장막 안으로 뛰어들어 연놈을 단칼에 베어 죽이고 삼십육계 도망쳤지요. 이에 머리 깎고 중이 되어 여태껏 구차한 목숨 지탱해온 것이올시다. 이로 말미암아 여쭙겠는데, 여러 선비들 김밥 옆구리 터지는 소리 작작하는 아내 자랑 어찌 내가 다 믿을 수 있으리까."

제 각시 자랑 선비들, 벌레 씹은 꼴이라니.

본전만 돈인가?

이자는 돈이 아닌감? 우습게 보면 큰코다쳐.

예도옛날 어느 참봉 과부한테 급전 빌려 쓰고는 갚지 못했어. 몸이 단 과부 날이 날마다 그 돈 받으러 참봉 집 들락거렸지. 하루는 그 집에 돈 받으러 턱 가니까 마루에서 낮잠에 빠진 사내, 베잠방이 밑으로 큼지막한 거시기 드러내 놓고 산송장 돼 있는 게 아닌가. 과부 한참 그 양물 바라보다가, 바라보다가 어라…. 사내 냄새 맡은 지 하도 오랜 터라 끓어오른 정념 가누지 못해 참봉을 올라타 버렸대. 실전에 들어가니까 기대와는 영 딴판, 신통치가 않았어 신통치가. 과부가 "여보 참봉, 거시기 놀리려면 제대로 좀 용쓰지 이게 뭔가?" 투덜댔지. 여자와 뱀 굴속은 참 알다가도 모를 터수라며 참봉이 "지금은 이자나 끌려고 그러는 건데, 그 정도면 되잖느냐?"고 능치는 거였지. 이에 과부 증이 나서, 맛보기 감질나고 증이 나서 정 그러면 하기 따라 본전까지 다 꺼줄 테니까 진짜 한번 제대로 굴러

보라고 하자 참봉 작심했나. 이번에는 까무러칠 만큼 행사하는 것이었어. 일이 이리되자 과부 주섬주섬 옷 챙기면서 그러더란다, 그러더란다.

"이자는 돈이 아닌감? 본전만이 돈이구?"

산나물 탐한 연유

간음죄 들통났대, 산나물 몰래 먹다.

어느 집 계집종이 미모가 빼어났으므로 주인집 아들 통정을 일삼았지. 어느 하루 그 아들 다시금 처가 잠든 틈 엿보다가, 엿보다가 살금살금 행랑채로 나온 게야. 그 순간 아내가 뒤를 밟았어. 창틈으로 엿을 보자 여종 온몸 움츠리며 "서방님께선 어째 흰떡 같은 아씨 놔두고 쑥떡같이 천한 제게 오시어 이리 못살게 구십니까?" 사내 말하기를 "아씨가 흰떡 같다면 그대는 산나물과 진배없어. 음식으로 치면 떡을 먹은 후 어찌 나물 먹지 않을 수 있으랴." 샛서방 거시기 맛 꿀 맛이요, 본서방 거시기 맛 물 맛이란 말 뒤집은 듯 뒤집은 듯 주인 아들·계집종 서로 얼려 입 맞추고 헐떡이고 운우雲雨가 질퍽하므로 그의 처 차마 더는 못 보고 돌아서고 말았어. 이튿날 부부 함께 시아버지 옆에 모시고 있을 때였어. 졸지에 그 아들 기침 연신 터지므로 간신히 입 앙다물고 벽을 향해 혼잣소리로 "요즘

내가 병을 얻었는데 무슨 연고인지 모를 일이로다." 그의 처 앵돌아져 "그야 뭐 다른 까닭인가요? 날이 날마다 산나물 많이 드신 연고겠지요." 듣고 있던 시아버지 크게 역정 내며 "도대체 어디서 났기에 산나물 너만 혼자 몰래 먹는단 말이냐? 이게 불효가 아니고 뭣이더냐?"

그 아들 참 민망하여 하늘 보고 헛기침만.

앰한 소죽통

제 발로 들어왔으되 제 발로 나가진 못하지.

마을 총각 소죽통 빌리려고 울타리 너머 이웃집에 들렀다. 과수댁 홀로 허벅지 다 드러난 홑치마 걸치고 봉당마루에 잠들어 있는 게 아닌가. 불현듯 거시기 차일 치고 음심淫心 솟은 총각 천둥벌거숭이마냥 벼락같이 달려들었다. "네가 이러고도 능히 살 것 같으냐?" 이에 총각이 "내가 소죽통 잠시 빌리러 왔다가 저도 모르게 이렇게 죄를 지었소이다. 그럼 이만 빼고 물러가리다." 하자 과부가 두 손 깍지 끼어 옥죄듯 총각 허리 끌어안고는 "네가 제 발로 내 몸에 들어왔으되 언감생심 함부로 나가진 못하리라." 하고는 낭잣비녀 빠져도 모르드키 눈물 바람 콧물 바람 노글노글 극음極淫을 누린 다음 돌려보냈다. 암만… 우멍한 머시기 파리 잡는다고 이튿날 저녁 육허기 든 과수댁, 총각 다시 불러 묻는 것이었다.

"이보게, 오늘은 어째 소죽통 빌리러 오지 않는고?"

살아도 못 살겠네

살아도 못 쓰겠네,
살아도 못 살겠네.

궁항벽지 한 어촌에 젊은 부부 살았는데, 알궁달궁 살았는데, 남편 고기잡이 나갔다 풍랑 만나 그만 죽고 말았어. 졸지에 청상과부 된 아내 땅을 치고 울고 불던 뒤끝 남편 시신 집에 당도했지. 아낙이 마지막 남편 본답시고 거적때기 들추다가, 시체 덮은 거적때기 들추다가 문득 아랫도리 살펴봤어. 우라질…. 망할 놈의 물고기들 남편 부자지 몽땅 다 훔쳐 가고 흔적조차 없는 게 아닌가. 황당하고 처참한 모습에 젊은 아낙 기가 막혀

아이고,
살아도 못 쓰겠네.
살아도 못 살겠네, 아이고.

학질 뗀 '홍랑'

양껏 욕보인 뒤 학질* 뗀 박가가 있었다지.

고부군 사는 총각 교생校生 박가. 타고난 용모가 추한 나머지 사람들 가까이하기 꺼렸다. 꼴이 꼴값한다고 그 자신 늘 꽃다운 여인 흠모해 마지않았다. 마침 기생 홍랑 학질에 걸려 신음하기 반년 남짓, 이에 저에 온갖 약이 무효란 소문 파다했다. 이때 교생 박가가 "내 비록 가진 건 없지만 학질 떼는 솜씨만은 백발백중이다." 떠벌리고 다니자 온 동네 사람 '과연 그런가 보다' 믿게 되었다. 학질로 파죽음 된 홍랑 귀에 '박가 소문' 들어가자 한번 와서 봐주기를 간청하기 이르렀다. 이에 박가 "만약 내 말 옳게 들으면 효험이 있되 벌로 들으면 학질은 영 떼지 못할 터인즉 그리하겠는가?" 다짐받은 뒤 다시 이르되 "내일 꼭두새벽 서너 자가량 되는 대막대기 여럿 구해 그 양쪽 구멍에 굵은 밧줄 한 자씩 얽어매어 가지고 뒷골 성황당 앞에서 나를 기다리라. 그러면 내 의심 없이 가서 학질을 떼어

주리라." 얼씨구… 홍랑이 화들짝 반기며 새벽 약속했다. 이튿날 과연 그녀가 진작 와서 기다리고 있는 터라 가져온 대막대기 벌여놓고 홍랑으로 하여금 그걸 목침 삼아 눕게 했다. 밧줄로 사지를 결박한 다음 차례로 옷을 찢어냈다. 어쩜 좋아, 어쩜 좋아…. 어안이 벙벙해진 홍랑 놀라 의심하는 것도 잠시, 박가가 숨 돌릴 겨를 없이 날렵하게 여인의 벌거숭이 몸에 올라탔다. 홍랑은 어이없고 분에 못 이겨 치가 다 떨렸으나 순간 얼마나 놀라 진땀을 쏟았는지, 쏟았는지 반년 남짓 앓던 학질이 그만 뚝 떨어지고 말았다나.

기차고 멱이 꽉 찬 홍랑, 이날 입때껏 입을….

* 말라리아.

숫처녀 윗방아기

선비 집 윗방아기*,
아비 회춘 도왔다나.

시골 선비 있었는데, 있었는데, 위인이 똑똑지는 않아도 효심만은 돈독한 편이었다. 그 아비 생원生員 색골이라, 천하 없는 변강쇠라 집안의 어여쁜 동비童婢와 사통코자 용한 꾀를 내었다. 동네 의원 친구에게 부탁하기를 "내가 앓는 척할 터인즉 그대는 요로코롬 말을 하라. 그러면 마땅히 좋은 궁리 있으리라." 며칠 뒤 생원이 문득 크게 아픈 시늉 했다. 선비 아들 황급히 동네 의원 불러왔다. 의원은 병이 위중하다고 설쳐대며 "이 병에는 백약이 무효일 겁니다. 다만 한 방도가 있긴 있으되 말하기 심히 난감하도다." 했다. 이에 아들 선비 숨을 헐떡헐떡 "아무리 어려워도 감당할 터인즉 비방을 말하라."고 그 성화 불같았다. 의원은 "이는 한기寒氣 때문에 병이 가슴과 배에 맺힌 것이므로 남자를 겪은 적 없는 숫처녀 구해 끌어안고 땀을 흘리게 하면 회춘 원기 돌아 낫겠거니와 달리는 아무 약도 소용없을 것이므로 난감하단 것은 이를 두고 이름이라."

하였다. 마침 선비 어미 옆방에서 이 말 엿듣고는 아들 불러 "내 방 여종이 이제 나이 열일곱, 숫처녀가 분명하므로 약을 구할 양이면 그 여종 아이를 씀이 좋지 아니하랴." 그날 밤 병풍으로 사방 가리고 그 동비 벗겨 이불 속에 들게 하고 모자가 생원의 발한發汗 과정 살피는데, 살피는데 말씀이야. 얼마 후 생원 여종과 더불어 운우雲雨가 극음極淫이거늘 아뿔싸… 그 어미 별안간 끓어오른 역정 못 가누고 "이것이 어찌 땀 내는 약이더냐? 이와 같이 발한할 양이면 왜 나와 더불어 땀을 내지 못한단 말이냐?" 이때 불쑥 아들이 이르되

"어머니, 어머니는 이제
숫처녀가 아니잖아요?"

* 늙은 여자가 사춘기 여자의 기를 쐬기 위해 집안에 들인 동비童婢.

말 궁합 척척 부부

말 궁합 척척 맞는 중년 부부 있었대.

아내는 반벙어리, 남편은 당달봉사였지. 문득 이웃에서 왁자한 소리 들리자 당달봉사 하 궁금하고 궁금하여 무엇 땜에 이리 시끄러운가 물었겠다. 보기는 하지만 말 못 하는 반벙어리 아내, 마실 나가 불구경 오지게 하고 온 아내, 남편 가슴 사이에 손가락으로 사람 인人 자 써주는 게 아닌가. 사람 인人 자 옆에 두 젖꼭지 도드라졌으므로 글자 모양이 곧 불 화火 자였다. 이에 소경 "으응 불이 났다고, 어디서 났는고?" 하고 거듭 물었다. 아내가 이번엔 지아비 손을 이끌어 자기 젖은 음문陰門 만지게 한즉 "아니 우물 안골에서 불이 났어? 우물 안골 뉘 집인고?" 하고 다시 물었겠다. 이번엔 아내가 남편 양 귀 잡아당겨 입을 쪽쪽 맞추는 게 아닌가. "어라, 어라… 입 구口 자 둘이 만났으니까 옳지, 옳지. 우물 안골 여呂 생원 집이라고. 거참 안됐네, 안됐어. 근데 무얼 하다 불을 냈다던가?" 하자 이번엔 아내가 손을 뻗어 소경 양쪽 불알 만지작거리는 거였다. "저런, 저런 고구마 구워 먹다 불을 냈구먼. 근데 얼마나 탔다던가?" 이참엔 아내가 당달봉사 양경陽莖(남근)을 거머쥐는 것이었다. 이에 소경 방바닥 탁 치면서

"어허허, 다 타고 기둥만 남아? 안됐도다, 참 안됐도다."

허허, 기가 막혀

일 궁합, 남녀 궁합 임자가 따로 있는 법.

한 재상 처가의 동비童婢 향월이 몸매가 하도나 고와 통정코자 해도 기회가 없더라나. 마침 향월 학질 걸려 자리에 눕게 되었어. 재상이 내국內局* 관장하는 자리에 있는 터라 장모가 이르되, 향월이 저렇듯 학질로 고생이 자심하므로 사위가 내국의 양약 내어 고쳐주기 당부하는 거였어. 이에 재상이 "내일 내국 일을 마치자마자 좋은 약 가지고 나올 것이므로 부정 타지 않게 후원 외진 데 울바자 치고 기다리면 마땅히 와서 고쳐주리다." 말 그대로 이튿날 재상이 후원 울바자 안으로 들어갔어. 향월의 옷을 벗긴 다음 양물에 침 발라 머시기 깊숙이 들이밀고 율동을 거듭했어. 향월이 크게 놀라 비 오듯 땀을 쏟는 가운데 학질 뚝 떨어졌다나. 이에 재상이 "학질은 흉악한 병이므로 이렇게 놀래키지 않으면 도망가지 않느니라." 짐짓 위로까지 해주었어. 그 후 공교롭게도 장모 또한 몹쓸 놈의 학

질에 걸렸어. 사위 재상으로 하여금 고쳐달라고 조른즉 재상이 허허, 허허, 기가 막혀

"그것은 악장岳丈**이 아니면 가히 고칠 수 없는 병입니다."

* 내의원.
** '장인'의 존칭.

입이 열 개라도

"아니, 그대가 웬일로 이 집에 누워 있는고?"

썩 괜찮은 재색 겸전 과수댁 낚아채고자 공교한 꾀를 꾸몄지. 한 홀아비 벗과 더불어 별난 계교 꾸몄지. 어느 날 꼭두새벽 사달이 벌어졌어. 과부 부엌에 나간 사이 홀아비 몰래 그 집 안방에 드러누워 있었지. 약조한 대로 벗이 과부 집에 와서는 오늘 밭일할 게 있다며 소를 하루 빌려주기를 바랐지. 이때 갑자기 홀아비 드르륵 안방 문 열고 "우리 집에도 밭갈이할 일 있다네. 소 품앗이 할 수 없으니까 다른 집에 가 알아보시게." 소리치자 그 벗이 짐짓 깜짝 놀란 시늉 하면서 "아니, 그대가 웬일로 이 집 안방에 누워 있는고?" 물었겠다. "내가 내 집에 누워 있는데 무엇이 괴상해서 묻느뇨?" 하자 벗이 다시 "이 집엔 저 아주머니 혼자 사는 걸 온 동네 다 아는 터에 그게 무슨 해괴한 말인고?" 하고 뒷머리 싸매고 나가서는 직방으로 동네방네 소문 퍼뜨렸다. 본디 이런 소문이란 불붙은 개 꼬리

형국이라 사실 확인하려고 동네 사람 예닐곱 득달같이 과부 집에 당도했어. 홀아비 나 보란 듯 장죽 물고 내다보면서 "웬 놈들이 주인 아직 일어나기도 전에 이리 소란들인고?" 억지로 큰소리 내어 꾸짖고 또 꾸짖었다. 어이할까, 어이할까… 여럿이 손뼉 치며 "과연 아무개 말이 옳아, 의심할 여지 없다." 하고 흩어졌어. 이에 과부 새파랗게 질려 말 한마디 못 하고 바들바들 떨고 있었지. 홀아비 그예 일어나 그녀 손 지그시 잡고 "일이 여기까지 이르렀으므로 비록 혀가 열이라도 도리 없게 되었소. 송사를 한다 해도 창피만 당할 터인즉 이제 나와 끈을 맺음이 어떻겠소?"

뾰족히 발명發明할 길 없는 과부, 기막히고 코가 막혀….

3부

숫처녀 감별법

숫처녀 감별법이 어느 세상에나 있었다던가.

첫날밤 맞은 한 신랑, 아무래도 신부 몸가짐 의심쩍었다. 손으로 거길 어루만지며 "이 구멍이 이렇듯 심히 좁아 양물이 들어갈 것 같지 않다. 칼로 여길 찢은 후에 들어가겠다." 냉큼 차고 있던 장도 빼어 짐짓 찌르는 시늉 하자 시퍼렇게 질린 신부… 눈이 그만 휘둥그레졌다. "전번에 건넛집 김 좌수 막내둥이는 그렇게 찔러보지 않고도 능히 그것을 잘 들이밀면서 구멍이 작으니, 뭐니 그런 말 하지 않더이다."

그 신부 하룻밤 못 넘기고 종을 쳤지, 종을 쳤지!

가물치 콧구녕

이녁은 가끔 혓바늘 슨 디다 통고추 쩌개 붙이는 소리만 퉁퉁 허더라.

뭣이나 마나, 그것두 아닌 게네. 워떤 이는 마름버덤 연밥이 낫다구두 허구, 워떤 이는 생선 내장이 구만이라구두 허데만, 하여거나 수캐 가운뎃다리만 비싸서 못 해봤지 웬만헌 건 죄 장복을 시켜봤는디두 원제 그랬더냐 허구 그냥 가물치 콧구녕이라. 알게 모르게 비암은 또 얼마나 잡으러 댕겼간디. 비암이나 마나 무슨 효과가 있구서 말이지. 누구네 압씨는 비암 마리나 먹구부텀 우뚝우뚝헌다는디, 그이는 두말허면 각설이지. 달아지구 대껴진 것두 다른 건 다 그런 개비다 혀두, 빙충맞은 홍어 거시기처럼 고개 숙여 축 늘어지구, 풀꺾여 시르죽구, 히마리 읎이 흐늘흐늘 늘어진 꼬락서니라니…. 네미랄, 부르튼 소리도 남우세스러워서 원.

그 숙맥 가물치 콧구녕을 쓰긴 워디다 쓴다나?

* 이문구 소설 『우리 동네』 참고.
* 졸작 「뜬금없는 소리 10」 재사용.

감탕甘湯 소리

과부 속병엔 속궁합 맞는 홀아비가 약이라나.

한 과부가 강릉 기생 매월과 한 이웃에 살았대. 하루는 창틈으로 엿보니까 매월이 사내와 통정하는 거였어. 큼지막한 양물이 왁달박달 들락대고 이윽고 숨넘어가듯 교성嬌聲 지르는데 그 음탕 농탕 차마 눈으로 볼 수 없었어. 엿보던 과부 또한 눌러온 음기淫氣 틀어올라 감탕甘湯 소리 내지르다, 히힝 소리 내지르다 돌연 목구멍도 말문도 막혀 소리가 나오지 않았어. 이웃 할머니 이 모습 보고 하도나 딱한 터라 그 까닭 글로 써보라고 했지. "옛말에 널뛰다 삔 허리는 널을 뛰어야 낫는다 했으므로 나에게도 건장한 장부 하나 붙여주면 가뿐하리로다." 마침 이웃 사는 나이 삼십에 장가 못 간 떠꺼머리 노총각 우가에게 이르기를 "아무 과부 집에 이런 변고가 생겼는데 이만저만하여 이를 허락한다면 그대는 지어미 생기는 것이요, 여인은 지아비 생기는 셈이므로 두 사람 두루 좋은 일 아니겠소?" 이에 우가가 과부 방에 들어서자마자 옷을 벗어 던지고는 왁대처럼, 선불 맞은 짐승처럼 달려들어 여인 두 다리 들고 음호陰戶를 어루만진 다음 양물 들이밀고 왁달박달 피스톤 운동 거듭했어. 열고나게 피스톤 운동 거듭하자 그 여인 휘감고 감치는 재미 제법 쏠쏠했거든. 농수濃水 또한 흥건하여 이불과 요 적시면서 돌연 막혔던 과부 말문 터지게 되었지.

얼결에, 과부와 할미 "그대야말로 명의로다!"

쉿, 쇠에~

어라? 옥문玉門 거시기 기똥차게 다디달다고?

한 스님 어디선가 이 말 곧이듣고 딱 한 번 그걸 검색하기 바랐는데, 바랐는데 말이야. 하루는 발우 들고 산을 내려가다 요행처럼, 관세음처럼 한 여인 만나게 되었대. "오늘 난생처음 그 문이 어떤 겐지 알고 싶다." 고 쭈뼛쭈뼛 낯 붉히고 머리 조아리자 여인이 이를 허여, 후미진 숲속으로 들어갔대, 들어갔대 글쎄. 털 나고 처음 옥문 열고 두 눈에 쌍불 켜게 되었지. 옻칠 발우 내려놓고 두 무릎 꿇고 앉아 나무 관세음 심경心經 왼 다음 옻칠한 숟가락으로 거길 긁어 음미했대, 음미했대. 허나 기대와는 영 딴판이라, 딴판이라. 새우젓 냄새 추예醜穢한 맛 가히 견디기 어려웠어. 음마, 음마… 스님 다시 고쳐 앉아 '달고 훌륭한 맛 반드시 옥문 깊은 곳에 숨겨져 있겠지' 더 깊은 곳에 숟가락 넣고 휘휘, 휘휘 휘젓는 순간 어쩌면 좋아, 어쩌면 좋아. 그만 숟갈 목이 뚝 부러지고 말았대. 이때 두 눈에 별

볼 일 바라고, 어여 어여 벼락치기 바라고 따라왔던 여인이 분기탱천, 욕지거리 퍼부으며 옷을 떨쳐입고 가버렸대. 아, 글쎄 부러진 숟갈 목은 여직 옥문 안에 그대로 남아, 그대로 남아

오늘도 여자 오줌 눌 땐 숟가락 스치는 소리 쇳, 쇠….

애첩 방귀 소리

애첩 방귀 소리마저 꾀꼬리 노래 같아?

조관朝官 신 씨 한 기생한테 노글노글 빠져 온갖 일 소홀히 하였다. 입 달린 사람마다 입을 모아 그 옳지 않음 책망해 마지않았다. 한데 신 씨 말이, 그 아리따운 모습 보면 허물이나 더러움 눈곱만큼 뵈지 않으므로 자기로서도 도리 없다는 것이었다. 이에 벗들이 "아니 그렇듯 더러울 게 없다면 그가 뒤를 볼 때는 어떻던가, 실제로 뒤 볼 때 가본 적 있었던가?" 물은즉 신 씨 말이 "아암… 여부가 있겠나. 처음 뒷간 오를 때는 마치 공작이 오색구름 타고 산골짝 드는 것 같고, 붉은 치마 벗고 아랫도리 드러낼 때는 얼음바퀴 채색 구름 사이 구르는 것과 흡사하고, 방귀 뀌는 형상 논할진댄 꾀꼬리 꽃나무에 앉아 백 가지 노래 부르는 것과 같지. 오줌 누는 데 이르러서는 노란 장미 꽃잎 바람결에 어지러이 떨어지는 게 아닌지 의심스럽도다. 뒤를 볼 적 더러움 보인다는 말은 오히려 경국지색 서

시西施가 얼굴 한번 찡그리면 찡그릴수록 임금 총애 더
한 이치와 조금도 다를 바 없는데, 이를 어찌하리오?”

마침내 벗들이 슬피 웃고 그만 배꼽 쥐었다나.

어우동 빱치다

한 여인네 감자밭에서 감자 캐고 있었대.

산골 비탈밭인 터라 터진 속곳 밑으로 거웃이 보일 듯 말 듯. 마침 지나가던 나그네 이를 보고 불끈 이는 음욕淫慾 걷잡지 못해, 걷잡지 못해 몰래 뒤쪽으로 다가가 여인네 덮쳤대. 이에 여자가 놀라서 "도둑이 날 죽인다. 도둑이 날 죽인다!" 소리소리 쳤으나 첩첩산중 비탈밭이라 듣는 이 하나 없었어. 방아확은 새것이 좋고, 여자 확은 닳은 것이 좋다고 그 여인 차츰 달아올라 화냥질 솜씨 이골 난 어우동 빱쳐먹을 낌새로다, 빱쳐먹을 낌새로다. 지그시 나그네에게 눈 흘기는 척하면서

"도둑아, 이 도둑놈아. 감자나 먹어라, 감자나 먹어!"

엎드려 잔 죄

자루 벌린 녀석이나 퍼 넣는 녀석이나 원.

갑과 을 두 사람 감옥에서 만나 서로 묻고 대답하길 "대장부 한번 이런 데 들어온 것이 원래 별날 것도 없지만 대체 그대는 무슨 연유로 여기 오게 되었소?" 묻자 "나로 말하면 엎드려 잔 죄밖에 없소이다." 하는 것이었다. "엎드려 잔 것이 무슨 죄가 되겠소?" 하고 묻자 "배 밑에 여자가 깔려 있었던 까닭이지요." 했다. "나는 그렇다 치고 그대는 어인 연고로 여길 들어왔소이까?" 묻자 "고삐 줄 하나 취한 탓이지요." 하였다. 고삐 줄 한 개가 무슨 죄가 되느냐고 하자 "고삐 줄 끝에 물건 하나 달려 있었던 까닭이지요." 하고 얼굴 찡그렸다. 을은 남 마누라 간통하다 잡혀 온 것이고 갑은 남의 소 훔쳐 고삐 줄 잡고 나오다 들킨 것이다.

손발이 척척 맞으면 포도청 들보도 빼 오겠네?

하늘의 끈

내 팔자나 네 팔자나 남의 칠자만 못하다?

열일곱 초산楚山 기생 사또와 흠뻑 정분情分에 빠져 헤어나지 못했는데, 마침 사또 새 부임지로 떠나게 되었다. 사또 발길 떼지 못해 집물什物이며 용돈이며 두둑하게 챙겨주며 "내 돌아간 후에 너도 곧 뒤따라 올라와 함께 백년해로하자." 하였다. 헌데 어인 일로 한 달 지나 두 달 지나 사또 떠난 뒤 영영 깜깜소식이라. 기생 정분 못 잊어 주고 간 것 모두 팔아 패물로 바꿨다. 동자 하나 달랑 데리고 훌훌 길을 나섰는데, 나섰는데 생각지 못한 폭설 만나게 되었다. 어라… 길 잃고 헤매다 동자마저 그만 눈구덩이 빠져 죽고 말았다. 여인 역시 사경 헤매다 문득 깜박이는 불빛 따라 찾아 들어가 쓰러졌다. 스님 한 분 부처님 모시는 천둥지기 암자였다. 열 살 때 소년 출가한 스님 계행戒行이 높았으되 여인의 자색에 홀려 그만 자신을 억제 못 하고 말았다. 첩첩산중 외진 산골 여인 또한 어찌 해볼 도리 없었다. 긴 겨울 나면서 없던 정분 새록새록 돋은 터라 스님 말하기를 "나도 그대 구하지 않았고, 그대 또한 나를 찾지 않았거늘 어찌어찌 이렇게 만나게 되었소. 나의 계행 그대로 인해 훼손되고, 그대 정절 나로 말미암아 이지러졌으므로 이는 하늘의 끈 아니겠는가. 가서 사또 첩 노릇 하느니보다 여기서 나와 더불어 해로하는 게 또한 아름답지 않으랴?"

그러게. 내 팔자나 네 칠자나 팔자땜이 아니던가.

대리 방사?

정사情事 같은 천한 짓은 비장裨將이나 할 일이로다.

영남감사 순시 때 산골 읍촌 한가운데 지나는데, 지나는데 그 위용 자못 으리으리하였다. 함부로 숨도 못 내쉴 순시 행렬 보고 있던 백성 가운데 한 사람 이웃 아낙 옆구리 찔벅 은근히 묻기를 “저와 같이 귀하고 높으신 어른도 부부상합夫婦相合 같은 걸 할까?” 한즉 옆에 있던 다른 아낙 “어찌 저렇듯 만금귀중萬金貴重하신 몸 그런 천한 일 하겠는가? 반드시 비장 시켜 대신 하시리라.” 하고 두 눈 부릅떠 꾸짖자

까르륵, 듣는 이 하나같이 배꼽 그만 틀어쥐었지.

걸음아, 날 살려라

만공 스님 아낙 껴안고 입을 쪽 쪽 맞췄다나.

어느 날 만공 스님 사미승 데리고 고갯길 오르는데, 허위허위 오르는데, 나이 어린 사미승 발살에 물집 잡혔다며 다리 아파 더는 못 가겠다고 주저앉아 버렸다. 예나 지금이나 아이들 고집은 당최 못 꺾는 법. 이에 산밭에서 김매는 부부를 본 만공 스님 느닷없이 일하는 아낙 끌어안고 쪽 쪽 소리 나게 입을 맞추었다. 아뿔싸… 이를 본 그 남편 쇠스랑 곡괭이 치켜들고 "이 중놈들, 다 찍어 죽인다."고 쫓아오자 둘은 '걸음아 날 살려라' 두 다리 허공 짚고 삼십육계 내달려 엉겁결에 고개 훌쩍 넘게 되었다. 한숨 돌린 사미승 기가 막혀, 하도나 기가 막혀, 스님이 어찌 그런 망나니짓 했느냐고 따지고 들었다. 이에 만공 스님 점잖게 한마디 했단다.

"고연 놈. 입맞춤 땜에 다리 아픈 줄 모르고 예까지 오지 않았더냐?"

땅벌님, 우리 땅벌님

"땅벌님, 우리 땅벌님. 몸피는 그 정도로…."

한 사내 장에 갔다 돌아오는 어슬녘에 하도 오줌 마려워 무심코 길가 풀섶에다 그만 실례를 했는데요. 하필 거기가 땅벌 집이라, 성난 벌 떼 떼거리로 몰려들어 사내 부자지를 마구 쏘아댔어요. 엉겁결에 당한 일인 터라 그 사내 땅벌에 쏘여 퉁퉁 부어오른 남근 엉거주춤 수습해 돌아왔어요. 울며불며 아내에게 저간의 사정 일러바쳤지요. 으 아 악…. 그 아내 서둘러 해독을 한답시고 헝겊에 된장 발라 그 물건 칭칭 싸매준 다음 얼른 메* 한 그릇 지어 들고, 따뜻한 메 한 그릇 다소곳 지어 들고 득달같이 땅벌 집 있는 곳으로 달려가설랑 이렇게 빌었대요.

"땅벌님, 우리 땅벌님. 몸피는 그만 됐고 바라옵건대 기럭지만 조금 더…."

* 제사 지낼 때 신위 앞에 올리는 밥.

속곳 도둑?

뒷집 개 짖는 덕에 도둑질 면했다고?

재간 많고 남 골려먹기 즐겨하는 조계달이란 건달이 있었대. 어느 날 그가 여주 거리 거닐고 있었는데, 앞서 가는 여인네 치마 깃이 벌어져 있었어. 발걸음 뗄 때마다 엉덩잇바람 궁싯, 궁싯거렸어. “아주머니, 뒷문 열려 있는데 들어가도 괜찮겠소?” 하고 넌지시 물었지. 뒤를 한번 힐끗 돌아본 여자, 흠칫 놀라는 시늉 하면서 “아이고, 뒷집 개새끼 아니었으면 속곳 도둑맞을 뻔했네.”

천하의 조계달마저 망신 흠씬 당했다나.

기생 명불허전

몸집 작고 꾀죄해도 물건 하나 장대하여 여 씨요.

언년 기생 자기 집 드나드는 남정네들 일러 마馬 부장, 우牛 별감, 여呂 초관, 최崔 서방 하고 부르는데 실제 그들 이름하고는 전혀 다른 이른바 애칭이었다. 주막에 들른 한 사내 의아하여 "네가 가랑이 품 판 인사들 성씨를 그토록 모르느냐?" 묻자 언년이 대답인즉 "그분들하고 살 섞은 지 오랜데 성씨를 모를 리 있소이까? 마 씨, 여 씨 성을 따온 것은 야사포폄夜事褒貶* 으로서 제가 붙인 별호올시다." 이어 기생은 저저이 인물평에 들어가는데 "아무개는 몸과 양물이 아울러 장대하므로 마 씨요, 아무개는 몸집은 작지만 그 물건 하나 큼지막해서 여 씨요, 또 아무개는 한번 꽂으면 금방 토하므로 되새김질 잘하는 우 씨고, 아무개는 위아래 오르내림 어찌나 현란한지 최 씨라. 최는 곧 참새 작雀이라 그렇다는 뜻이올시다." 그러는 것이었다. "그럼 나는 무슨 애칭으로 부르겠는고?" 묻자 "매일 헛되이 왔다 헛되이 돌아가므로 세월만 축내는 허許 생원이 적절할까 하오이다."

고것참, 명불허전이라, 과연 재기才妓는 재기로다.

* 밤일에 대한 인물 평가.

삼대 도둑

어찌 삼대가 이렇듯 도둑놈 집구석이냐?

한 장모 사위와 더불어 사돈집 가는 길에 개천 건너게 되었다. 무릎꺼정 차오른 물길 때문에 사위 장모를 업고 개울 건너는데, 건너는데, 자꾸 잔등에서 미끄러져 내리는 거라. 사위가 팔을 둘러 내려 장모 음문陰門에 손가락 꽂아 부추긴 것까지는 참았으나 녀석이 거기서 그치지 않고 손가락 돌리기 깊숙이 쑤시기 도리뱅뱅 온갖 장난질 치는 것이었다. 아서, 그러지 말라고 자꾸 타일러도 사위는 개천 다 건널 때까지 그 수작 그치지 않았다. 부아가 치민 장모 사돈집에 이르러 바깥사돈한테 삿된 버르장머리 토설하고 못돼먹은 아들놈 단단히 혼 좀 내주라고 까발렸다. 그랬더니만, 그랬더니만, 사돈 말인즉 "에이, 그런 말 자꾸 하지 마슈. 말만 들어도 거시기 불끈거려 환장하겠시다." 그러는 거였다. 장모 하도나 기가 막혀 마침 집에 있는 노사돈 영감한테 다시 모든 사실 낱낱이 일러바쳤다. 노사

돈 그 말 듣고 나설랑 느닷없이 주르르 눈물 흘리는 것이었다. 장모 속으로 쾌재를 부르며 '이제야 이놈들 부자 모두 혼쭐나리라' 하고 내심 반겼는데, 반겼는데, "내가 젊었을 때는 이 근동 십 리 안팎 여자들이 다 내 차지였소. 이젠 제 발로 걸어 들어온 여자 하나 맘대로 건사 못 할 정도 노쇠했으므로 그게 원통해서 눈물 흘리는 것이올시다." 이 말 듣자 치가 떨린 장모 길길이 날뛰며 "에잇! 그 애비에 그 아들이란 말은 들었어도 이렇듯 삼대가 다 도둑놈 집구석이란 말이냐?"

들입다 욕설 퍼붓고는 찬물 냅다 끼얹었다.

이쁜이계

구만허구,
그 뭣이여. 이쁜이계,
그거나 좀 일러봐.

이르나 마나, 이쁜이를 이쁘게 수술허자면 목돈이 드니께 아낙들은 계를 허구, 계를 타면 수술을 헌다 이거라. 수술이나 마나, 집이는 병원에서 애를 낳았으니께 상관읎을 겨. 병원서 낳으면 그 자리에서 츠녀 때처럼 좁으장허게 꼬매주거든. 그런디 우리는 워디 그려? 두 애구 시 애구, 애마두 집에서 낳았으니 이쁜이가 헐렁이 다 되었지…. 헐렁해진 이쁜이를 오리 주둥이 같은 걸로다 떡 벌여놓구 양말짝 뒤집듯 홀랑 뒤집어설랑 좁으장허게 꼬매는 겨. 아따 제미, 시물니물 묵은 홍어 밑구녕도 식초 한 방울 떨어뜨리면 오동보동해지듯이. 워째서 암 말 읎어? 툭허면 나가 자구 온다구 바깥양반 구박헐 일이 아니라니께 그러네. 그 뭣이다, 이쁜이계가 산도産道를 초산 전 생김새대로 돌이켜 주는 봉합 수술계여.

어떤감?
이녁도 솔깃허는 겨?
가자미눈 뜨는 것이.

* 이문구 소설『우리 동네』참고.
* 졸작「뜬금없는 소리 8」재사용.

4부

나무 평전

여자는 사내를 보면 숱한 나무 떠올린다.

저건 무던한 사철나무, 저건 꼴값하는 찔레나무, 저건 안마당이나 느루 지킬 회향나무, 저건 허우대 멀쩡한 아열대 야자수, 저건 길거리나 광장에 세워두면 안성맞춤 플라타너스, 저건 또 바삭거리는 감자튀김 벨칸토 창법唱法 버티고 선 느티나무, 저건 하늘 가녘 어루만지는 시원한 음색音色 오동나무, 저건 또 꿀 바른 듯 달콤한 미색 은행나무, 저건 저건 저릿하게 가슴 울리는 고음高音 불길 활활 타는 단풍나무, 저건 질기고 질긴 고무나무, 잘난 척 거드름목, 보기만 해도 닭살 돋는 소름목, 입만 살아 깐작대는 떠벌이수, 몇 시간 더불어 즐길 땜질용 오락수에

때때로 이냥 물오를 땐 살도 섞는 땔나무도?

처녀막 유통기한

하면, 하면, 처녀막에도 유통기한 있는 거야.

양갓집 막내둥이 결혼 날짜 잡아놓고, 일찌거니 잡아놓고 남친 녀석 만나 질퍽하게 뽀뽀하고 앞섶 그만 풀어주고 집에 돌아온 그날 밤. 숫내기 햇미나리 야들야들한 막내둥이 연달래 처녀가 그만 음일淫佚을 억누르다, 억누르다 못내 억누르지 못해 소시지 자위를 했겠다. 마디숨 몰아쉬고 실카장 거시기하다 소시지 포장 비닐 질膣 깊은 바닷속에 수장하고 말았다나! 이리 뱅뱅 저리 뱅뱅 돌리다가, 배뱅이굿 판 돌리다가, 누구 하나 만져줄 이 없는 궁상맞은 궁둥이를, 시집가면 꽃띠패라 신랑 녀석 지나새나 실카장이 쓰다듬을 응석받이 엉덩이를 이리 궁싯 저리 궁싯 배뱅이굿 판 벌이다가 소시지 포장 비닐 벗겨지거나 말거나 흥, 무아지경 배뱅이굿 판 벌이다가, 오메메 어쩜 좋아, 어쩜 좋아.

질 깊은 궁륭穹窿 바닷속에 포장 비닐 수장하고 말았다나.

요리 움찔 저리 움찔 소시지 포장 비닐 건져내려 용을 썼지.

용쓰면 쓸수록 질 깊은 블랙홀에 빠져드는 포장 비닐. 첫날밤 맞은 말뚝 총각 거친 그 마디숨 몰아쉬고, 몰아쉬고, 쑥대강이 흐트러진 머리 디딜방아 열고나게 찧다 말고, 몸 걸레질 살송곳 열고나게 꿰다 말고 이게 뭐지, 이게 뭐지? 부리 끝에 마치는 그 무엇인가 족집게로 건져내는 게 아닌가. 소시지 포장 비닐 불빛에 비춰 보고 아니 젠장 이게 뭐지…. 어라, 어라, 그것도 몰라. 처녀막도 모른다고?

아뿔싸! 처녀막에도 유통기한 있단 말이야?

“아니 시방 여그서?”

별 희한한 일 참, 많대나? 고층 아파트 승강기 속엔.

승강기 문 열리자 두 남녀 올라탔지. 남정은 전라도 출신 할배, 아낙은 경상도 출신 파파皤皤라. 보면 몰라, 보면 몰라. 남정은 아들네 집 건듯 들를 낌새요, 이고 지고 이고 진 아낙 딸내미 집 가는 행색이라. 머리엔 함지박 크기 즐문무늬 가방이요, 두 손엔 남새하며 과일하며 보따리, 보따리라. 쥐고 있는 게 하고많으면 된서방 만난 듯 손이 저릿저릿 쑤셔오고, 들고 있는 게 무거우면 가시버시 하 지겹다 팔이 그만 아픈 게라. 이고 있는 게 벅찰 땐 살송곳 미어지듯 목이 그만 빼근해지고, 지고 있는 게 힘 부칠 땐 요분질 겨운 날처럼 어깨 다 빠지는 게라. 손은 있되 이고 지고 승강기 버튼 누를 손 당최 쓸 수 없는 파파. 경상도 강세 억양으로 “씹 좀 눌러주이소.” 과부 처녀막 터지는 소리 외쳤건만, 외쳤건만. 할배는 듣고도 딴청인지, 듣지 못한 반벙어린지 원. 글쎄 말이지, 글쎄 말이지…. 우두커니

천장만 바라볼 뿐 한 일– 자 입 굳게 닫아걸고. 다급해진 파파 다시 양철 째지는 소리 "씹(10층) 좀 눌러주이소." 다그치자, 다그치자

남정네 떠름한 말투로 "아니! 시방 여그서?"

다섯 가지 요분질

절로 터진 음일淫佚 소리 못 말려, 하 못 말려.

방사 때 여자 그만 절정에 다다르면 뛰고 미치고 환장을 하는 게야. 무릇, 요분질 행태 유별하면 줄잡아 너덧 갈래 되나 본데. 첫째가 지게꾼형이야. 여자가 청무 토막 뻣뻣하게 누워 있다 차츰 꼭짓점 이르면 나무꾼 등짐 지는 소리 끙끙 용을 쓰지. 무말랭이 뒤틀리고 꽈배기 사대육신 꼬인 듯이 끙끙 겨운 등짐 지는 소릴 내지. 두 번째는 상주형喪主型이야. 꽃이 울고 달이 숨을 요조숙녀 귀부인처럼 우아한 자태 보이다가도 한 고비 넘어들면 끝내 아이고, 아이고, 꺼이꺼이 곡소리 지르는 거야. 있는 청승 없는 청승 좁쌀방정 떨다 말고 선불 맞은 암호랑이 길길이 날뛰듯이 아이고, 아이고… 하느님, 하느님 곡소리 지르는 거야. 셋째는 물귀신형이지. 이리 뒤틀 저리 뒤틀 요분질해 대다가 클라이맥스 접어들면 어푸! 어푸! 물귀신 생사람 잡듯 사내 머리 쥐어뜯고 거친 숨 몰아쉬다 자지러지지, 자지러져. 이 방아 저 방아 해도 가죽방아 젤이라고, 과부 처녀막 터지는 소리 육보시肉布施 허기진 날 조자룡 헌 칼 쓰듯, 망나니 작두 휘두르듯 맷돌거리 운우지정雲雨之情 가누지 못해 어푸! 어푸! 허우적대지. 넷째는 등산가형이야. 처음엔 새쭉하니 담담한 척하다가도 마침내 봇물 터지기 시작하면 여보! 여보! 소리치다 자기도 모르는 사이 야호! 야호! 거품 물지. 착착 감기는 낙지띠인가, 엉덩이 맷돌짝 돌리다 살꽃에 힘 받으면 칼 물고 뜀뛰기는 저리 가라, 저리 가라지. 글쎄, 화냥질 솜씨 어우동 찜 쪄 먹을 낌새로 농탕질 흥농興濃에 이르러 야호! 야호! 경黥치게도 잘 굴리지. 다섯째는 콧구멍 후비기형이야. 남정네 허발들려 헐레벌떡 오르내리고 가쁜 숨 몰아쉬건만 그것도 아랑곳없이 밑에 깔린 여자 오두방정 떨다 말고 쩨작, 쩨작 껌이나 씹으며 지금 뭐 하고 있어 빨리빨리 내려오지 않고! 열두 가지 요분질에 뼛골 다 녹았는지, 밑방아 못 찧는 주제 입방아만 성한 건지, 귀뚜라미 풍류하듯 능

청이 열두 발이나 늘어진 건지 원…. 여자란 젖을 데 마르고, 마를 데 젖으면 볼 장 다 본 나바론 건포도*라는데, 차돌도 바람 들면 푸석돌만 못하다는데, 눈비음 그럴듯하게 콧구멍만 후비는 게야.

아무렴. 음일도 멱이 꽉 차면 비파 뜯는 소릴 내지.

* 2차 대전 때 독일이 연합군을 격퇴하고자 만든 절벽. 건포도는 젖꼭지를 빗댄 말.

기름 만땅!

낮거리 빗장거리 자진모리 숨 가쁜 고비.

일곱 살 아들 녀석 벌컥 문 열고 들어온다. "아빠, 아빠! 지금 뭐 해?" "응, 엄마한테 기름 넣고 있다." 이에 아들 녀석 하는 말이 "에계계. 어제 옆집 아저씨도 엄마 치마 걷고 기름 만땅 채워주고 갔는데…."

"뭐라구, 옆집 김가 놈이? 벼락 맞을 기름을!"

알몸 줄행랑

꽃젖가슴 내맡기고, 알샅 홀랑 드러내고….

예도옛적 여인숙은 방음장치 엉망이었지. 단짝 김동리·서정주 선생 어깨 겯고 다닐 때였어. 문학 행사 나들이 뒤끝 경주 어느 여인숙에 묵게 되었지. 예도옛적 여인숙은 워낙 후진 때라, 후지고 썰렁한 때라 베니어판 한 장으로 양쪽 방을 칸막이했어. 방음장치랄 무엇도 없이 베니어판 칸막이벽에 구멍 뚫고 알전구 하나 덜렁, 양쪽 방 불 밝혔어. 근데 말이야, 근데 말이야. 서정주·김동리 선생 묵은 여인숙 옆방에서 신음 소리 새나오는 거라. 삼십 대 젊은 아낙 꽃젖가슴 내맡기고, 알샅 홀랑 드러내고 나이 지긋 대머리 사내 어여어여 들어오라고, 대심박이 알심 깃대 어여어여 들이밀라고 치근대는 거였어. 하늘 한켠 무너질 듯 신음 소리 몰아쉬며, 몰아쉬며 안달하는 거였어. 시르죽은 홍어 거시기인가, 고개 숙인 대머리 사내 육허기 진 젊은 아낙 부둥켜안고 헐레벌떡 용을 쓰고 기를 쓰고 젖 먹던

근력 죄 다잡아 용을 썼으나 허당이라, 허당이라…. 김동리·서정주 선생 목말 타고, 성님 먼저 아우 먼저 서로 번갈아 목말 타고 옆방 정사情事 빠끔빠끔 엿보고 있었지. 베니어판 한 장 칸막이벽 너머 옆방 정사 훔쳐보다, 군침 질질 훔쳐보다 그만 사달 났어, 사달이 났어. 삐꺼덕 예고도 없이 베니어판 가림벽이 우지끈 무너진 거라, 글쎄. 배라먹을 6·25는 난리도 아니었어.

생벼락! 김동리·서정주, 알몸 줄행랑쳤다나.

사우나탕 엘레지

아빠와 아들 녀석 사우나탕 갔었겠다.

"어휴, 어휴 시원하다." 온탕에 들어간 아버지 시원하다, 시원하다, 호들갑 떠는 바람에 아들 녀석 탕 속에 들어갔는데, 들어갔는데 말이야. 에구머니나! 시원하기는커녕 발바닥 화끈화끈 팔열지옥 온탕이라…. 세상에 믿을 놈은 하나 없다, 하나 없다 혼잣말 투덜거리다 곁눈질로 아버지 거시기 훔쳐봤다. "엄마, 엄마 근데 말이야. 아빠랑 목욕탕엘 갔는데 말이야. 내 것은 티코인데, 아빠 것은 에쿠스야." 그 엄마 기가 막혀 "후유, 후유 남우세스럽다. 덩치만 크면 무얼 하니, 무얼 해? 터널 속에 들어가자마자 헉헉대다 시동 그만 꺼지고 마는걸. 제대로 용 한번 쓰지 못하고 시르죽고 마는걸…. 우라질 에쿠스는, 무슨 놈의 에쿠스야." 곁에 있던 아버지 하 어처구니없고 기가 막혀 손사랫짓 치다 말고

"에계계, 그런 말 허들 마라! 영업용 타면 싱싱고란다."

어느 노인장

팔십 대 한 노인장이
건강검진 받고 있다.

진찰 끝낸 의사 선생, 심장 박동 소리 심상치 않다며 몇 가지 묻는다. "담배 피우시나요?" "아니요." "약주 많이 하십니까?" "아니요." "지금도 성생활 하고 계십니까?" "네." "이런 말씀 드려 송구하지만 심장 박동 소리 이상이 성생활과 관계있어 보입니다. 성생활 빈도수를 반으로 줄이시지요."

"반이라…
'보는 것', '상상하는 것',
어느 쪽을 줄일까요?"

찬모饌母의 눈물

9일 치성 안방마님 유하사遊夏寺*로 떠나는 날.

좌르륵 좌륵 퍼붓는 장맛비 밤 깊어도 그칠 줄 모른다. 사랑방에 불 켜져 있으면 찬모는 밤참 채비 서두른다. "나리, 밤참 가져왔습니다." "들어오너라." 찬모는 참외를 깎아 사랑방 문밖에 서 있다가 허 대감 말에 흠칫 놀란다. 보통 땐 허 대감이 "알았다." 하면 밤참을 방문 앞에 내려놓고 돌아섰는데, 오늘 밤은 들어오라는 것이다. 찬모가 조심스럽게 들어가 참외 쟁반 내려놓자 허 대감 후~ 하고 촛불을 꺼버린다. 대감이 슬며시 찬모 허리 끌어당기자 그녀는 저항하지 않고 부드럽게 그의 품에 안긴다. 옷고름 풀고, 치마끈 풀고, 고쟁이 벗기고, 보료 위에 눕히고…. 허 대감 역시 훌훌 모시 적삼 벗어 던진다. "아, 네 몸은 비단결처럼 매끄럽구나." 허 대감이 가쁜 숨 몰아쉬다 탄성을 흘리자 발가벗은 찬모는 대감 품 파고든다. 탱탱 솟아오른 젖가슴 훑어 내려간 대감의 오른손이 무성한 숲을 헤치자 벌써 옥문玉門은 흥건 젖어 있다. 대감의 단단한 양물陽物 천천히 옥문을 찾아들자 "윽!" 찬모가 숫처녀 알리는 가느다란 비명 내지른다.

공이로 절구를 찧는 밤의 숨결 거칠다.

후유 큰 숨 내지르고 허 대감 모로 눕는다.

찬모는 옷을 챙겨 입다 말고 흐느껴 운다. "내가 못 할 짓을 했구나." 허 대감 말이 떨어지기 무섭게 찬모 입술 부르르 떤다. "나리, 기뻐서 솟아나는 눈물입니다. 소녀는 이제 죽어도 여한이 없습니다. 제 절을 받으십시오." 어둠 속에서 찬모는 대감께 큰절 올리고 물러난다. 안방마님 9일 기도 떠난 사이 대감과 찬모, 매일 밤 왕바람 후끈거린다. 늦게 배운 도둑질이 날 새는 줄 모른다나…. 9일 기도 마치고 안방마님 돌아오고, 며칠 후 찬모가 마님 앞에 꿇어앉는다. "마님, 마님은 저를 친자식처럼 보듬어주셨는데, 저는 마님을 배반했습니다. 평생 두고 사죄하겠습니다. 찬모를 구하는 대로 저는 떠나겠습니다." 안방마님 지그시 웃고 찬모 손을 덥석 잡는다. 마님이 자초지종 속내평 털어놓는다. 어느 날 밤 허 대감이 안방을 찾아온다. 운우지정雲雨之情 나눈 후 마님이 말을 꺼낸다. "대감, 대감 친구들은 하나같이 시앗을 두었는데, 대감께서는 한눈 팔지 않고 저만 찾으시어 고맙기 그지없습니다만, 저도 나이 오십을 훌쩍 넘겼습니다. 한평생 대감 사랑을 듬뿍 받았으므로 이제 대감께서도 친구들처럼 젊은 첩을 두십시오. 시앗을 보게 되면 돌부처도 돌아앉는다고 했습니다." "쓸데없는 소리!" "여보, 대감…." 안방마님 설득, 설득 대감의 반승낙 받아냈고, 일부러 9일 치성 핑계 대고 집을 비웠던 것이다.

찬모는 마님 앞에 엎드려 어깨 거푸 들썩인다.

* 경북 안동시 와룡면 가구리 79에 있는 사찰.

"여자들은 빠집시다"

소문난 난봉꾼 하나
숱한 아녀자 주물렀다.

성난 주민들 관아에 고발, 심판받게 된 것이다. 원님 가로되 "저놈이 다시는 나쁜 짓 못 하게 거시기 잘라 버리도록 해라!" 그러자 그 아비가 일어서서 간청했다. "나리, 저 녀석이 우리 집안 4대 독자입니다. 대를 이어가야 하므로 저 아이 대신 제 거시기를 자르십시오." 깜짝 놀란 어머니가 불쑥 원님 앞에 나섰다. "원님, 법대로 하옵소서." 그러자 큰일 났다 싶은 며느리가 손사래, 손사래 치며

"어머님, 남정네 하는 일에 여자들은 빠집시다."

무모한 도전

느시라는 새에 관해 아는 정보 혹시 없어?

두루미 먼 친척뻘 되는 겨울 철새인데, 수컷 느시는 딱정벌레 일종인 가뢰라는 곤충 즐겨 먹어. 가뢰는 칸타리딘이란 독성 물질 지니고 있대. 수컷 느시는 글쎄, 가뢰를 잡아먹으면서 그 독을 섭취하는 게야. 장 속에 더불어 사는 기생충 없애주는 칸타리딘은 수컷 느시를 성적性的으로 훨씬 성숙하게 다듬어주거든. 암컷이 원하는 이상적 배우자 요건을 갖추게 되는 거야. 그런데 말씀이야, 그런데 말씀이야…. 수컷 느시는 가뢰 독에 어느 정도 저항력 있다지만, 많이 먹으면 중독되어 혀 빼물고 죽는대. 그걸 빤히 알면서도 암컷 살살 꼬드기고자 치명적 위험 무릅쓰는 바보 천치 무모함이란!

미친 척 독에 중독된 느시가 바로 남정네 아니겠어?

* 최수철 소설 「독의 꽃」 참고.

부부 관계 1

괜스레 뒤척이다 잠든 부인 건드린 남편.

그루잠 깬 부인이 "할껴?" 화들짝 놀란 남편 비스듬 돌아눕자 "뒤로 할껴?" 남편이 안 되겠다 싶어 부스스 일어서자 "서서 할껴?" 소변이나 볼까 하고 화장실 가는 남편더러 "오줌 누고 할껴?" 도저히 못 말릴 지경 이른 남편 집 밖으로 나가는데, 나가는데 말씀이야

부인이 한마디 얹는다. "이따 할껴? 내일 할껴?"

분노, 혹은 앙심

이제 나는 천하제일 키스의 달인이야.

섹시한 여자일수록 나와 키스하고 나면 기분 훨 좋아지고 감미로운 밤이었다고 귓속말 속삭이지. 그건 내게 특별한 기술 있어서가 아니야. 내 침에 이상야릇한 몹쓸 기운 넘친 게야. 말하자면 여자 홀리는 특이한 성분 섞여 있기 때문이야. 예전에도 난 섹스란 몸속의 독을 뽑는, 일종의 디톡스 행위라고 여겼어. 내 고환 속에는 정액뿐만 아니라 몸속의 다른 성분도 함께 고여 있거든. 하먼, 하먼…. 정액에서 분비되는 페로몬이나, 사랑에 빠졌을 때 분비되는 세로토닌 호르몬이 상대방 결점 흐리게 한다는 걸 입증한 걸까? 알다시피 여러 여자 연인 된다는 건 또한 여러 여자 적이 된다는 걸 의미해. 연인 관계였던 어느 재벌 비서 행동과 같은 거지. 미투 바람 탄 그의 독은 독이면서 약이 되고 또 약이면서 독이었지.

여자들 분노와 앙심, 죽임의 독 아니겠어?

* 최수철 소설 「독의 꽃」 참고.

부작용 효과

그 남자
비아그라
자주 복용한 끝에

어느 날 발기된 뒤 좀체 수습되지 않았다. 일주일 남짓 그 상태 지속되자 도저히 견딜 수 없는 형벌 아닌가. 헐렁한 바지 걸치고 약국 찾아간 남자. 약국에는 여자 약사 홀로였다. "여기 혹시 남자 약사 없나요?" 여자 약사 시큰둥하게, 콧등 세게 대꾸했다. "예, 없습니다." 남자가 다른 약국 찾아 나가려 하자 약사가 "이것 봐요. 저와 여동생은 다 자격증 있는 약사이고 이 동네에선 '한다하는 약국' 평판이 자자해요. 만일 여자라고 무시하면 성차별 행위에 가만있지 않을 겁니다." 당황한 남자 헐수할수없이 다시 들어와 바지 내리고 물건 보여주고 어정쩡 말했다. "이것 좀 가라앉힐 무슨 묘수 없을까요?" 약사가 "이렇게 된 지 며칠 됐죠?" 기어드는 소리로 남자가 이실직고 "일주일 훌쩍 넘었

습니다." 그러자 약사가 "잠시만 기다리세요. 제 동생과 상의해 보고 다시 올게요." 몇 분 후 여자 약사 동생과 함께 나타났다. "우린 합의 결정했습니다." 남자가 의문부호 입꼬리로 재우쳤다. "결정하긴 뭘 결정해요?" 햇귀 표정 못 감춘 약사 "현금 1억 원과 우리 약국 지분 50% 드릴 테니 아예 여기 와서 함께 지내시죠!"

어머나,
꿩 먹고 알 먹고
거시기도 주억거리고!

| 해설 |

인간의 욕망과 연약함에 대한 연민의 시학

황치복 문학평론가 · 시조시인

1. 생명적 현상에 대한 긍정

그동안 다양한 시조 양식의 실험을 통해서 현대시조의 새로운 영역을 개척해 온 윤금초 시인이 이제 성담론이라는 작품들을 모아 새롭게 시조집을 펴냈다. 새로운 시조집에서는 노골적인 성애의 묘사를 비롯하여 원초적인 인간의 성적 욕망에 대한 진솔한 묘사로 해학적이고 골계적인 시조 미학을 실현하고 있다. 윤금초 시인의 그동안 시작 작업을 살펴보면, 해학과 골계의 시조 미학이 전혀 새로운 것은 아니다. 세 번째 시조집인 『땅끝』의 「하회탈 양반의 눈웃음」이라든가 「인터넷 유머」 등을 시초로 골계적 작품이

점차 그 비중을 확대하고 있었는데, 이번 시집이 그러한 경향의 결정판이라고 하겠다.

골계미란 '있어야 할 것'과 '있는 것'이 갈등의 관계를 이루면서 '있는 것'으로 '있어야 할 것'을 부정하는 미적 가치라는 조동일 교수의 이론을 참고해 보면, 윤금초 시인의 해학과 골계의 시조 미학은 있는 그대로의 현실을 인정하는 긍정의 시정신이 발현된 것으로 해석할 수 있다.(조동일, 「한국문학의 양상과 미적 범주」, 『한국문학 이해의 길잡이』, 집문당) 당위적 윤리나 도덕을 앞세우지 않고, 연약한 모습 그대로의 인간의 모습과 성품이 있는 그대로 긍정되는 긍정의 미의식이 골계의 시 작품 속에 투영되어 있는 것이다. 특히 풍자보다는 해학적 가치에 초점을 맞추고 있는 윤금초 시인의 성담론 시편들의 미의식은 김인환 교수의 지적처럼 우스꽝스러운 인물을 부정하고 비판하는 풍자적 경향과 달리 부정적인 인물과 상황을 용서하고 화해함으로써 다시 그것들을 감싸 안으려는 포용의 정신을 내포하고 있다.(김인환, 「批判과 和解」, 『韓國文學理論의 研究』, 을유문화사) 부정적인 인물이나 부조리한 상황에 대한 공격과 비판보다는 용서와 화해를 통해서 삶의 약동에 참여하도록 하는 긍정과 포용의 시정신이 투영되어 있는 것이다.

웃음에 대한 다양한 사상가들의 통찰을 참고해 보면, 윤금초 시인의 골계적 시조 미학은 역시 문화의 억압된 힘을 상쇄하고 그것에 의해 가려졌던 삶의 역동성을 회복하기 위한 시도로 보인다. 정신분석학의 창시자인 지그문트 프로이트(Sigmund Freud, 1856~1939)는 농담Witz과 무의식Unbewussten의 관계에 대한 연구를 진행하면서 음담패설이란 원초적 쾌락의 가능성이었지만, 지금은 내부의 검열에 의해서 우리 안에서 배척된 쾌락의 가능성을 문화의 억압이라는 기제를 해체하면서 끄집어내려고 하는 시도라고 규명한 바 있는데(지그문트 프로이트, 『농담과 무의식의 관계』, 열린책들), 윤금초 시인의 성담론의 시편들은 정확히 이러한 작업의 일환으로 보인다.

한편, 프랑스의 생철학자 앙리 베르그송(Henri Bergson, 1959~1941)은 '웃음'에 대한 연구에서 '웃음'이란 기계적 경직성, 즉 상황의 가변성에 대하여 적응하지 못하고 어떤 관심사에 몰두하거나 관습적 사고에 빠져 있는 경직된 경향에서 야기된다고 했는데(베르그송, 『웃음Le Rire』, 파이돈), 윤금초 시인의 골계적 작품 역시 성적 리비도에 함몰되어 있는 상황을 초점으로 해서 시상이 전개된다는 점에서 이러한 경향성을 공유하고 있는 것으로 보인다. 상황의 미묘한 변화에 대해서 세심한 융통성과 민첩한 유연성을 발휘하지 못하고 경직된 태도를 보이는 것은 곧 삶의 약동에 필요한 유연성이 부족한 데에서 생겨난 현상이라는 베르그송의 지적을 상기해 보면, 윤금초 시인이 산출하는 웃음이 생동하는 삶에 대한 긍정과 공감에 기반을 두고 있다는 것을 쉽게 추론할 수 있다. 생에 대한 긍정과 공감은 다양한 양태로 드러나게 되지만, 무엇보다 성적 에너지에 대한 긍정을 기반으로 하고 있다는 점을 생각해 보면, 윤금초 시인의 성담론의 시조 작품들이 어떠한 사유를 토대로 하고 있는지를 짐작할 수 있다. 노골적인 성애에 대한 묘사를 비롯하여 여성의 몸이 지닌 생산적 능력에 대한 인식, 그리고 남녀의 생식기에 대한 세밀한 묘사 등은 사회적 관습과 문화라는 억압과 반복의 메커니즘을 타파하기 위한 전략적 방법론이 될 수 있는 것이다. 그 구체적인 양상을 작품들을 통해서 자세히 들여다보자.

하 무더운 한여름 밤 네댓 아낙 놀러 나왔지.

대흥사 피안교彼岸橋 밑 으늑한 개울가의, 말추렴 반지빠른 마흔 뒷줄 아낙들이 푸우 푸 멱을 감았지. 유선장 감고 도는 가재 물목 돌팍 위에 웃통이며 속곳이며 훌훌 벗어 던져놓고 멱 감았지, 멱을 감았어. 미어질 듯 풍만한 샅이며 둔부 이리 움찔 저리 움찔, 출렁거리는 앞가슴을 홀라당 드

러내고 멱을 감았지. 접시형 젖가슴에 원뿔꼴 유방하며 반
구형 사랑의 종 감긴 달빛 풀어내고 물장구 첨벙첨벙 멱 감
는 아낙네들 곁눈질하던 저 느티나무, 아니 볼 것 훔쳐다
본 자발없는 관음증 느티나무. 벌거숭이 여인네들 속살 몰
래 보기 송구하여 아으! 타는 가슴 쓸어내리다, 천년토록
쓸어내리다,

휑허니 도둑맞은 드키 속이 저리 비었대.
–「대흥사 속 빈 느티나무는」 전문

시적 무대를 이루고 있는 시간적 배경인 "무더운 한여름 밤"이라든가 공간적 배경을 이루고 있는 "피안교 밑" 등은 생명력이 충만할 대로 충만한 상황을 암시하면서 또한 세속의 굴레라든가 관습과 같은 것들을 초월한 상황, 곧 어린아이의 천진무구한 성품과 같은 경지에 도달하고 있음을 시사하고 있다. 이러한 배경을 중심으로 농익을 대로 농익은 여체를 지닌 "말추렴 반지빠른 마흔 뒷줄 아낙들이" 멱을 감고 있는데, "웃통이며 속곳이며 훌훌 벗어 던져놓고 멱 감"고 있는 아낙들의 모습은 윤리와 도덕, 관습과 금기 같은 사회적 억압과 구속을 떨쳐버리고 자유분방한 생명의 열기를 발산하고 있는 장면이라 할 수 있다. 특히 "미어

질 듯 풍만한 살이며 둔부 이리 움찔 저리 움찔, 출렁거리는 앞가슴을 홀라당 드러내고 멱을 감았지"라는 대목을 보면 억제되지 못하고 분출되고 있는 생명의 기운으로 약동하는 여인의 몸이 지닌 에너지를 확인할 수 있다. "달빛 풀어내고 물장구 첨벙첨벙 멱 감는 아낙네들"은 생명을 잉태하고 산출하는 여성성의 원리를 대변해 주면서 아무런 인습이나 굴레의 억압이 없이 자유로운 생명의 순진무구한 모습을 형상화하고 있기도 하다. 그리고 이러한 모습을 곁눈질하는 느티나무, 곧 "아니 볼 것 훔쳐다 본 자발없는 관음증 느티나무"는 이러한 생명현상을 긍정하고 공감하는 자연의 모습을 암시하고 있다. 여인들의 멱 감는 모습에 담겨 있는 생명력의 약동은 인간의 사회에 속하는 것이 아니라 자연의 법칙에 속하는 것임을 암시하고 있는 것이다. 여인의 여체를 통해 형상화되고 있는 성애적 에너지의 분출이 형성하는 역동적 이미지는 곧 생명현상의 자연적 속성을 암시함과 동시에 그러한 현상에 대한 긍정과 공감의 시적 메시지를 함축하고 있는 셈이다. 다음 작품 역시 생명감으로 충만해 있다.

새벽치기 살보시는 넌출지고 덩굴진다.

서울 사는 한 생원生員 선영 벌초하러 가고자 새벽에 여종 불러 이른 아침 준비하도록 일렀겠다. 여종이 새벽밥 짓느라고 부산하게 오가다가 창틈으로 엿보는데, 엿보는데, 어머… 생원 부부 한창 열고나게 새벽치기하는 거였다. 왁달박달 뜸베질에 디딜방아 겉보리 찧듯 참 없이 품방아 찧을 때, 이 방아 저 방아 해도 가죽방아가 으뜸이라며 여종이 적이 비웃으며 물러 나오는데 아, 글쎄…. 마침 절구통 부근에서 수탉거사 암탉보살 쫓아가 그 짓을 하는 게라.

"어머나, 놈들아 너희도 벌초하러 산에 가냐?"

—「새벽치기 살보시」 전문

"새벽치기 살보시"라는 매우 선정적인 제목을 달고 있지만, 이 작품 또한 앞서 분석한 작품처럼 에로티즘의 분출이 생명력의 고양과 통하고 있으며, 그것은 또한 자연의 법칙에 부합하므로 아무런 윤리적 흠결이 없음을 강조하고 있다. "서울 사는 한 생원"이 "선영 벌초하러 가"는 날 새벽에 "열고나게 새벽치기하는" 장면에서는 무의식적으로 거리를 두고 싶지만 마주하게 될 죽음에 대한 대항으로서 성애적 열정에 집착하는 모습을 읽어낼 수 있다. "왁달박달 뜸베질에 디딜방아 겉보리 찧듯 참 없이 품방아 찧"는 모습은 삶의 주이상스jouissance를 향유하는 역동적이고 열정적인 생명의 향연일 것이다. 그런데 이러한 생명의 향연은 인간의 인위적 영역에 국한되지 않는다. "마침 절구통 부근에서 수탉거사 암탉보살"이 "그 짓을 하는" 장면은 역시 성애적 충동이 발현되는 대목이라고 할 수 있는데, 이러한 구도는 성적 에너지가 분출하는 생명의 열정이 인간의 관습과 문화적 영역이 아니라 자연nature의 영역에 속한다는 것을 다시금 확인시켜 주고 있다. 생명에 대한 긍정과 공감이 그것을 억압하는 문화나 도덕을 부정하면서 그것의 가치를 끌어내리는 것은 해학과 골계가 지닌 본질적 성격에 해당된다.

내 팔자나 네 팔자나 남의 칠자만 못하다?

열일곱 초산楚山 기생 사또와 흠뻑 성분情分에 빠져 헤어나지 못했는데, 마침 사또 새 부임지로 떠나게 되었다. 사또 발길 떼지 못해 집물什物이며 용돈이며 두둑하게 챙겨주며 "내 돌아간 후에 너도 곧 뒤따라 올라와 함께 백년해로하자." 하였다. 헌데 어인 일로 한 달 지나 두 달 지나 사또 떠난 뒤 영영 깜깜소식이라. 기생 정분 못 잊어 주고 간 것 모두 팔아 패물로 바꿨다. 동자 하나 달랑 데리고 훌훌 길을 나섰는데, 나섰는데 생각지 못한 폭설 만나게 되었다. 어라… 길 잃고 헤매다 동자마저 그만 눈구덩이 빠져 죽고 말았다. 여인 역시 사경 헤매다 문득 깜박이는 불빛 따라 찾아 들어가 쓰러졌다. 스님 한 분 부처님 모시는 천둥지기 암자였다. 열 살 때 소년 출가한 스님 계행戒行이 높았으되 여인의 자색에 홀려 그만 자신을 억제 못 하고 말았다. 첩첩산중 외진 산골 여인 또한 어찌 해볼 도리 없었다. 긴 겨울 나면서 없던 정분 새록새록 돋은 터라 스님 말하기를 "나도 그대 구하지 않았고, 그대 또한 나를 찾지 않았거늘 어찌어찌 이렇게 만나게 되었소. 나의 계행 그대로 인해 훼손되고, 그대 정절 나로 말미암아 이지러졌으므로 이는 하늘의 끈 아니겠는가. 가서 사또 첩 노릇 하느니보다 여기서 나와 더불어 해로하는 게 또한 아름답지 않으랴?"

그러게. 내 팔자나 네 칠자나 팔자땜이 아니던가.
–「하늘의 끈」 전문

시적 구도를 보면 목표와 과정, 팔자와 계행戒行, 그리고 팔자와 정절이 대립 구도를 취하고 있는데, 물론 시상의 전개에서 가치의 우위를 점하고 있는 것은 과정과 팔자라고 할 수 있다. "하늘의 끈"을 함축하고 있는 팔자는 자연의 법

칙이자 이법이라고 할 수 있고, 계행이라든가 정절이라는 가치는 인간이 인위적으로 만들어낸 규범이라든가 윤리의 산물에 해당된다. 그러니까 팔자라는 삶의 이치는 하늘이 하는 것으로서 인간의 영역 너머에 있는 것이며, 계행이라든가 정절이라는 가치는 인간이 창출한 유한한 가치인 셈이다. 시적 화자는 하늘의 이치인 팔자를 취하고 계행이라든가 정절의 인간적 가치를 내려놓자고 권유한다. 목적과 과정의 대립 구도에서도 시적 화자는 목적이 중요한 것이 아니며 과정이 더욱 의미 있는 것이라는 입장을 취한다. 초산 기생이 사또와 재회하는 것은 기생이 정한 목표이자 목적이지만, 계행을 훼손한 스님과 새로운 인연을 받아들이는 것은 삶의 우연성과 지속성을 승인하는 것이라고 할 수 있으며, 기생이 사또와 재회하는 것은 인간의 영역에 속하는 것이지만, 스님과의 새로운 인연을 받아들이는 것은 하늘의 끈을 수용하는 것으로서 인간의 의지와 열정 너머에 있는 자연의 영역에 속하는 것이다. 시인은 시종일관 전자를 내려놓고 후자를 취하려고 한다. 윤금초 시조의 골계적 미학이 인위와 도덕보다는 자연과 생명의 가치를 중시하고 있다는 점을 분명히 확인할 수 있는 대목인데, 자연과 생명의 가치는 곧 인간이 본래적으로 가지고 있는 욕망에 대한 긍정으로 통한다.

과부 속병엔 속궁합 맞는 홀아비가 약이라나.

한 과부가 강릉 기생 매월과 한 이웃에 살았대. 하루는 창틈으로 엿보니까 매월이 사내와 통정하는 거였어. 큼지막한 양물이 왁달박달 들락대고 이윽고 숨넘어가듯 교성嬌聲 지르는데 그 음탕 농탕 차마 눈으로 볼 수 없었어. 엿보던 과부 또한 눌러온 음기淫氣 틀어 올라 감탕甘湯 소리 내지르다, 히힝 소리 내지르다 돌연 목구멍도 말문도 막혀 소리가 나오지 않았어. 이웃 할머니 이 모습 보고 하도나 딱한 터라 그 까닭 글로 써보라고 했지. "옛말에 널뛰다 삔 허리는 널을 뛰어야 낫는다 했으므로 나에게도 건장한 장부 하나 붙여주면 가뿐하리로다." 마침 이웃 사는 나이 삼십에 장가 못 간 떠꺼머리 노총각 우가에게 이르기를 "아무 과부 집에 이런 변고가 생겼는데 이만저만하여 이를 허락한다면 그대는 지어미 생기는 것이요, 여인은 지아비 생기는 셈이므로 두 사람 두루 좋은 일 아니겠소?" 이에 우가가 과부 방에 들어서자마자 옷을 벗어 던지고는 왁대처럼, 선불 맞은 짐승처럼 달려들어 여인 두 다리 들고 음호陰戶를 어루만진 다음 양물 들이밀고 왁달박달 피스톤 운동 거듭했어. 열고나게 피스톤 운동 거듭하자 그 여인 휘감고 감치는 재미 제

법 쏠쏠했거든. 농수濃水 또한 흥건하여 이불과 요 적시면
서 돌연 막혔던 과부 말문 터지게 되었지.

얼결에, 과부와 할미 "그대야말로 명의로다!"
─「감탕甘湯 소리」 전문

과부가 강릉 기생 매월과 한 이웃에 살았다는 것, 어느 날 매월이 사내와 통정하는 장면을 목격하게 되었다는 것, 그런데 이심전심으로 감흥이 통해서 갑자기 감탕 소리 내지르다 목구멍과 말문이 막혀 소리가 나오지 않았다는 것, 이웃 할머니가 노총각 우가를 중매해서 혼인하자 돌연 막혔던 말문이 트이게 되었다는 것이 시상의 주된 골자이다. 이러한 모든 사달의 주요한 원인은 "눌러온 음기"라고 할 수 있으며, 눌렀던 음기가 펴지자 모든 사달이 해결되는 결말에 이르고 있다. 눌렀던 음기는 생명력의 위축과 억압을 함축하고 있으며, "그대야말로 명의로다!"라는 대목에 주의해 보면, 그것은 삶의 지속과 확장을 방해하며 질병을 초래하는 원인으로 상정되고 있다. 따라서 억눌린 음기가 펴지자 질병은 낫게 되는데, 이러한 시적 구도는 욕망의 실현이야말로 건강한 삶의 약동과 생동에 필수불가결한 요소임을 강조하면서 생명력의 발산을 긍정하는 시 의식을 함

축하고 있다고 추론할 만하다. 욕망의 긍정은 인간의 본래적 천품을 긍정하고 수용한다는 점에서 긍정과 공감의 골계적 미학의 본령에 닿아 있다고 하겠다.

2. 욕망과 일탈에 대한 긍정

윤금초 시인의 골계적 시조 미학이 윤리와 도덕이라는 경직성에서 벗어나 삶의 생기와 역동성을 긍정하는 시 의식의 자장을 형성하고 있음을 알 수 있었다. 그리고 삶의 약동에 대한 긍정은 곧 인간이 하늘로부터 부여받은 본래적 기질인 욕망을 긍정하는 데에서 중요한 원동력을 얻고 있음을 확인할 수 있었다. 욕망에 대한 긍정은 곧 윤리적 도덕적 관습이라는 굴레를 벗겨내고, 있는 그대로의 모습으로서의 본능과 욕동慾動, Drive을 긍정하는 데에서 기인한다. 윤금초 시인의 성담론에서 인간의 욕망에 대한 긍정은 곧 인간의 유한성과 연약함에 대한 화해와 긍정, 그리고 인간의 연약함의 한 양상인 욕망으로 인한 일탈과 남용, 탈선 등을 용인하는 동정과 연민의 시정신에서 길어 올려지고 있다. 윤금초 시인의 성담론 시편에서 욕망과 일탈에 대한 관용과 포용의 다양한 양상들이 전개되고 있지만, 과도한 일탈과 욕망에 대한 경계가 없는 것은 아니다.

젖은 구멍 길 닦는 데 가진 세간 죄 날렸네.

꿀맛보다 달고 단 건 꽃제비 거시기요, 초산보다 시디신 건 마누라 머시기라. 닷 돈 보고 보리밭 갔다가 명주 속곳 다 버리드키 망신살 뻗치는 여잔 뜨물에도 애가 서고, 남 사정 봐주다가 농탕질 논다니 된다더니만

아서라, 아서라 달궁. 가랑잎으로 뭣 가리는 꼴이람.
—「아서라, 달궁」 전문

"젖은 구멍 길 닦는 데 가진 세간 죄 날렸네"라는 초장의 구절은 오입질로 재산을 탕진한 남정네의 한심한 일생을, 그리고 "남 사정 봐주다가 농탕질 논다니 된다더니만"이라는 중장의 구절은 몸가짐이 헤픈 아낙네의 망가진 일생을 암시하고 있다. 특히 "아서라 달궁. 가랑잎으로 뭣 가리는 꼴이람"이라는 종장의 구절은 성적 욕망에 대해 절제와 금욕이라는 인내심을 발휘하지 않으면 맞닥뜨리게 될 파행과 추문의 결과를 암시하고 있다. 그런데 이처럼 오욕과 추문의 결과에 이르게 하는 욕망의 근원은 "꿀맛보다 달고

단 건 꽃제비 거시기요, 초산보다 시디신 건 마누라 머시기라"라는 대목에서 추론할 수 있듯이 금기와 규범에 대한 일탈과 탈선에 있음을 알 수 있다. 시적 화자는 그러한 일탈과 남용을 경계하면서 삼가고 절제할 것을 권유하고 있는 셈이다. 그러나 이번 시집에서 욕망과 일탈에 대한 시인의 관점은 매우 관용적이고 너그럽다는 점에서 성적 욕망에 대한 긍정과 일탈에 대한 포용적인 자세가 주된 포즈라고 할 수 있다.

살아도 못 쓰겠네,
살아도 못 살겠네.

궁항벽지 한 어촌에 젊은 부부 살았는데, 알궁달궁 살았는데, 남편 고기잡이 나갔다 풍랑 만나 그만 죽고 말았어. 졸지에 청상과부 된 아내 땅을 치고 울고 불던 뒤끝 남편 시신 집에 당도했지. 아낙이 마지막 남편 본답시고 거적때기 들추다가, 시체 덮은 거적때기 들추다가 문득 아랫도리 살펴봤어. 우라질…. 망할 놈의 물고기들 남편 부자지 몽땅 다 훔쳐 가고 흔적조차 없는 게 아닌가. 황당하고 처참한 모습에 젊은 아낙 기가 막혀

아이고,

살아도 못 쓰겠네.

살아도 못 살겠네, 아이고.

–「살아도 못 살겠네」 전문

고기잡이 간 남편이 풍랑을 만나 익사하고 말았다는 것, 그런데 아낙이 최종적으로 확인한 시신에서 생식기가 모두 떨어져 나가고 없었다는 것, 그래서 아낙은 "살아도 못 쓰겠네./ 살아도 못 살겠네"라고 한탄했다는 것이 시상의 요지이다. 그러니까 아낙에게는 남편의 생명보다 자신의 성적 욕망을 해결해 줄 남근의 존재가 더 소중하고 가치가 있다는 논리인데, 이러한 논리 속에는 남편의 죽음에 대한 인간적 연민이나 아내로서의 윤리적 규범보다도 생의 향락이라는 가치가 더욱 중요한 것이라는 사실이 노골적으로 강조되고 있다. 아낙의 넋두리는 성적 욕망을 분출하면서 산다는 것이 얼마나 중요한 것인지를 함축하고 있으며, 성적인 에너지인 리비도Libido야말로 생명의 에너지를 구성하는 가장 궁극적 요소라는 점을 표 나게 강조하고 있는 것이다. 다음 작품은 이러한 성적 욕망, 즉 에로티즘이 죽음에까지 다다를 수 있는 근원적인 것임을 역설한다.

느시라는 새에 관해 아는 정보 혹시 없어?

두루미 먼 친척뻘 되는 겨울 철새인데, 수컷 느시는 딱정벌레 일종인 가뢰라는 곤충 즐겨 먹어. 가뢰는 칸타리딘이란 독성 물질 지니고 있대. 수컷 느시는 글쎄, 가뢰를 잡아먹으면서 그 독을 섭취하는 게야. 장 속에 더불어 사는 기생충 없애주는 칸타리딘은 수컷 느시를 성적性的으로 훨씬 성숙하게 다듬어주거든. 암컷이 원하는 이상적 배우자 요건을 갖추게 되는 거야. 그런데 말씀이야, 그런데 말씀이야…. 수컷 느시는 가뢰 독에 어느 정도 저항력 있다지만, 많이 먹으면 중독되어 혀 빼물고 죽는대. 그걸 빤히 알면서도 암컷 살살 꼬드기고자 치명적 위험 무릅쓰는 바보 천치 무모함이란!

미친 척 독에 중독된 느시가 바로 남정네 아니겠어?
–「무모한 도전」 전문

조르주 바타유(Georges Bataille, 1897~1962)는 에로티즘이란 본질적으로 폭력의 영역이고 위반의 영역이라고 전제하고, 정상 상태에서 에로 상태로의 추이는 불연속적인 질서, 또는 형태적인 존재의 상당한 존재의 와해를 전제한다고 주장한다. 그리고 궁극적으로 에로티즘은 존재의 덧없음을 극복하고 존재의 연속성에 도달하기 위해서 기꺼이 죽음을 수용하려 하기에 에로티즘이란 '죽음까지 파고드는 삶'의 근원을 보여주는 현상이라고 진단한다.(조르주 바타유, 『에로티즘』, 민음사) 조르주 바타유가 강조한 에로티즘의 본질을 보여주는 것이 이 시에서 문제 삼고 있는 들칠면조라고 불리는 '느시'라는 새이다. 이 새는 성적인 매력을 더욱 다듬어 암컷을 후리기 위해 칸타리딘이라는 독을 품고 있는 가뢰를 잡아먹는다. 잘못하면 혀를 빼물고 죽을 수도 있지만 느시는 오직 암컷의 환심을 사서 성적인 결합을 하기 위해 그러한 치명적인 위험을 무릅쓰는 것이다. 시적 화자는 "미친 척 독에 중독된 느시가 바로 남정네"라고 하면서 수컷들이 지니고 있는 성적 욕망에 대한 집착을 고발하고 있다. 시적 화자가 강조하는 남정네들의 광기란 아마도 조르주 바타유가 말한 존재의 덧없음에서 벗어나 연속성, 혹은 영속성에 도달하고자 하는 욕망과 다르지 않을 것이다. 그러한 점에서 시인이 수사적으로 역설하고 있는 "무모한 도전"이란 결코 무모하지 않은, 지극히 자연스러운 삶의 본능에 속하는 것이며, 시인은 이를 역설을 통해서 강조하고 있는 셈이다.

유사한 역설을 다음 시조 작품에서도 읽을 수 있다.

이제 나는 천하제일 키스의 달인이야.

섹시한 여자일수록 나와 키스하고 나면 기분 훨 좋아지고 감미로운 밤이었다고 귓속말 속삭이지. 그건 내게 특별한 기술 있어서가 아니야. 내 침에 이상야릇한 몹쓸 기운 넘친 게야. 말하자면 여자 홀리는 특이한 성분 섞여 있기 때문이야. 예전에도 난 섹스란 몸속의 독을 뽑는, 일종의 디톡스 행위라고 여겼어. 내 고환 속에는 정액뿐만 아니라 몸속의 다른 성분도 함께 고여 있거든. 하면, 하면…. 정액에서 분비되는 페로몬이나, 사랑에 빠졌을 때 분비되는 세로토닌 호르몬이 상대방 결점 흐리게 한다는 걸 입증한 걸까? 알다시피 여러 여자 연인 된다는 건 또한 여러 여자 적이 된다는 걸 의미해. 연인 관계였던 어느 재벌 비서 행동과 같은 거지. 미투 바람 탄 그의 독은 독이면서 약이 되고 또 약이면서 독이었지.

여자들 분노와 앙심, 죽임의 독 아니겠어?

—「분노, 혹은 앙심」 전문

“키스의 달인”이 될 수 있었던 원인이 “내 침에” 녹아 있는 "이상야릇한 몹쓸 기운" 때문이라는 것, 그리고 그 몹쓸 기운이라는 것을 자세히 규명해 보면, "정액에서 분비되는 페로몬이나, 사랑에 빠졌을 때 분비되는 세로토닌 호르몬"과 같은 종류의 것이라는 것, 그런데 세상의 남정네들은 "여자들 분노와 앙심"이 "죽임의 독"이라는 사실을 알면서도 "여러 여자"의 "연인"이 되는 것을 기꺼이 승인한다는 것 등의 성애가 지닌 생물학적 진실과 심리적 아이러니가 펼쳐지고 있다. 여러 여자의 연인이 된다는 것은 곧 여러 여자의 적이 되어 분노와 앙심이라는 죽임의 독에 빠질 수 있는 것임에도 남자들이 그것을 원하는 것은 역시 가능한 한 많은 유전자를 남겨 존재의 연속성을 확보하기 위한 노력일 것이다. 그런데 시적인 논리에 의하면 이러한 욕망은 남정네들이 선택할 수 있는 의지의 문제가 아니다. 그것은 생물학적 구조인 페로몬이나 호르몬의 작용에 의해서 규정되는 불가항력적인 것으로서 생물학적 본능과 결부되어 있는 것이다. 그래서 죽임의 독을 향해서 나아가는 이 세상 수컷의 본능은 아이러니한 현상이지만, 무죄가 되는 셈이다. 이러한 시적 구도 속에서 성적 욕망과 일탈에 대한 포용과 관용의 시 의식을 발견하는 것은 어려운 일이 아니다.

3. 인간의 유한성과 연약함에 대한 긍정

윤금초 시인의 골계적 시조 미학이 인간의 생명현상에 대한 긍정과 통해 있으며, 인간의 성적 욕망과 일탈에 대한 은밀한 충동을 수용하고 포용하는 공감의 미학이라는 성격을 지니고 있음을 확인하였다. 그런데 사실 유한한 인간이 지닌 성적 욕망이란 중간중간 언급한 것처럼 어찌 보면 덧없는 생명을 초월하여 영속성에 도달하기 위한 몸부림인지도 모른다. 그렇기에 인간의 욕망을 다룬 성담론의 시편 속에는 연약하고 유한한 속성으로서의 인간의 본성에 대한 성찰이 숨어 있는지도 모른다. 윤금초 시인의 성담론 시편들이 성적 욕망이 발산하는 해학과 골계의 미학으로 향하면서도 한편에 깊은 애수와 회한 같은 것을 품고 있는 것은 이러한 원인 때문일 것이다. 그러나 윤금초 시인의 성담론 시편들이 서러움과 서글픔의 정서를 지니고 있다고 하더라도 인간성에 대한 부정과 비판의 풍자적 미학으로 향하지는 않는다. 시인은 인간의 성애적 욕망의 이면에 숨겨져 있는 인간의 연약함과 유한성을 포용하고 공감하며 긍정의 시학을 더욱 확장하려고 한다.

그 작은 옥문玉門 구멍 세상천지 다 열고 나온다.

머리털 세는 줄 모르는 늦바람에 들깨방정 참깨방정 오두발광 떠는 저 씀바귀야. 게으른 여인 일 제쳐두고 그것 거웃이나 세는 고즈넉한 이 늦봄, 요분질 희학질 소리 거시기 질 나자 홀로 된다더니만

옷가슴 풀어 헤치고 속울음 우는 백목련.

–「들깨방정 참깨방정」 전문

봄이 되자 "그 작은 옥문 구멍 세상천지 다 열고 나온다"는 구절처럼 삼라만상이 생명의 약동으로 요동치는데, "늦바람에 들깨방정 참깨방정 오두발광 떠는 저 씀바귀"가 봄의 그것처럼 생동하는 생명력을 대변해 준다. "요분질 희학질 소리" 또한 성애적 에너지로 충만한 봄이라는 시공의 이미지를 함축하고 있다. 그런데 '화무십일홍花無十日紅'이라는 말이 암시하고 있듯이, 아름답고 충만한 봄날은 유난히 빨리 지나가기 마련이고, 그래서 삶의 에너지로 충만한 봄날은 상실과 애수의 정서로 변색된다. "고즈넉한 이 늦봄"이라든가 "거시기 질 나자 홀로 된다더니만"이라는 시구들이 짧은 봄날의 애상과 유한한 인간의 속성을 시사하고 있다. 애상에 젖은 시상의 전개는 "옷가슴 풀어 헤치고

속울음 우는 백목련"에서 응축되는데, 이는 개화하자마자 낙화하는 현실, 차자마자 기울어가는 유한한 존재가 지닌 회한을 대변해 주는 이미지라고 할 수 있다. 시적 화자는 생명의 에너지로 충만한 봄날이라는 시공에서 유한하고 연약한 존재자들이 품고 있는 회한의 정서를 발견하고 그것에 대한 연민과 공감을 드러내고 있는 것이다. 여운이 돋보이는 아름다운 다음의 단시조에도 무상한 인간의 애상이 절묘하게 포착되어 있다.

> 물에 빠진 건 건져줘도 계집에 빠진 건 못 건진다?
>
> 봄 한철 이슥하도록 늦바람 감투거리에
>
> 줄초상 산벚꽃들이 눈발 날리네, 눈물 뿌리네.
>
> –「줄초상 벚꽃」 전문

"물에 빠진 건 건져줘도 계집에 빠진 건 못 건진다?"라는 초장에는 성애적 욕망에 탐닉하는 수컷의 세계가 그려지고 있는데, "봄 한철 이슥하도록 늦바람 감투거리에"라는 중장을 보면, 그러한 욕망의 탐닉이 포만감과 충만감으로 채워지고 있다기보다는 어떤 초조함과 안타까움으로 채

색되고 있음을 발견할 수 있다. 그러니까 느긋하게 성적 욕망을 탐닉하는 것이 아니라 쫓기듯이 그것에 몰두하고 있는 유한한 존재의 조급함과 초조함을 읽어낼 수 있는 것이다. 이러한 정서는 종장의 "줄초상 산벚꽃들이 눈발 날리네, 눈물 뿌리네"라는 대목에서 확실한 이미지를 얻게 되는데, 낙화의 장면을 "줄초상"이라고 묘사하는 대목이라든가 흩날리는 산벚꽃의 모습을 "눈물 뿌리네"라고 비유하고 있는 장면에서 좀 더 분명해진다. 낙화와 눈물의 이미지로 인해서 계집에 빠지는 몰입과 늦바람의 감투거리는 흐르는 시간을 붙잡기 위한 고투라는 의미로 퇴색해 버리고 마는 것인데, 이러한 시적 구도는 인간의 연약함에 대한 수긍과 유한성에 대한 연민과 공감의 시 의식을 시사하고 있다.

이녁은 가끔 헛바늘 슨 디다 통고추 찌개 붙이는 소리만 퉁퉁 허더라.

뭣이나 마나, 그것두 아닌 게네. 워떤 이는 마름버덤 연밥이 낫다구두 허구, 워떤 이는 생선 내장이 구만이라구두 허데만, 하여거나 수캐 가운뎃다리만 비싸서 못 해봤지 웬만헌 건 죄 장복을 시켜봤는디두 원제 그랬더냐 허구 그냥 가물치 콧구녕이라. 알게 모르게 비암은 또 얼마나 잡으러 댕

겼간디. 비암이나 마나 무슨 효과가 있구서 말이지. 누구네
압씨는 비암 마리나 먹구부텀 우뚝우뚝헌다는디, 그이는
두말허면 각설이지. 달아지구 대껴진 것두 다른 건 다 그런
개비다 혀두, 빙충맞은 홍어 거시기처럼 고개 숙여 축 늘어
지구, 풀 꺾여 시르죽구, 히마리 읎이 흐늘흐늘 늘어진 꼬
락서니라니…. 네미랄, 부르튼 소리도 남우세스러워서 원.

그 숙맥 가물치 콧구녕을 쓰긴 워디다 쓴다나?

–「가물치 콧구녕」 전문

충청도 사투리의 구수하고 의뭉스러운 어조가 친근감을 느끼게 하는 해학적 재담과 사설이 빛을 발하고 있는 작품이다. 세월의 무게를 이기지 못하고 지아비의 시들해진 남근을 "가물치 콧구녕"이라고 비유하는 해학적인 발상을 토대로 해서 시든 그것을 살리기 위한 노력들이 중장의 사설조를 통해서 제시되고 있는데, 과장과 비유가 압권이다. 그런데 이른바 정력을 회복하기 위한 이러한 노력들이 너무 과장되어 있기에 그것을 향한 인간의 욕망이 측은하고 안타깝게 느껴진다. "빙충맞은 홍어 거시기처럼 고개 숙여 축 늘어지구, 풀 꺾여 시르죽구, 히마리 읎이 흐늘흐늘 늘어진 꼬락서니"를 회복하기 위한 노력은 가상하기까지 한

데, 이를테면 "수캐 가운뎃다리만 비싸서 못 해봤지", 생선 내장과 비암을 비롯하여 "웬만헌 건 죄 장복을 시켜봤"다는 구절들을 읽다 보면 지아비의 발기부전을 치료하기 위한 아낙의 노력이 애틋하게 느껴지기까지 하는 것이다. 물론 이러한 노력이 남편의 양기를 회복하여 성애적 욕망을 충족하기 위한 목적을 지니고 있다는 것을 생각해 보면, 유한한 인간이 지닌 성욕이라는 것이 쾌락과 희열의 산출이기보다는 좌절과 상실의 그것이기도 하다는 생각에 이르게 된다. 그래서 시르죽은 지아비의 그것을 회복하기 위한 아낙의 노력은 연민과 동정의 정서를 산출하게 되는 것이다. 다음 작품 또한 시간의 파괴적 힘에 의해 노출되어 있는 유한한 인간의 욕망이 지닌 안쓰러움을 표출하고 있다.

구만허구,
그 뭣이여. 이쁜이계,
그거나 좀 일러봐.

이르나 마나, 이쁜이를 이쁘게 수술허자면 목돈이 드니께 아낙들은 계를 허구, 계를 타면 수술을 헌다 이거라. 수술이나 마나, 집이는 병원에서 애를 낳았으니께 상관읎을겨. 병원서 낳으면 그 자리에서 츠녀 때처럼 좁으장허게 꼬

매주거든. 그런디 우리는 워디 그려? 두 애구 시 애구, 애마
두 집에서 낳았으니 이쁜이가 헐렁이 다 되었지…. 헐렁해
진 이쁜이를 오리 주둥이 같은 걸로다 떡 벌여놓구 양말짝
뒤집듯 홀랑 뒤집어설랑 좁으장허게 꼬매는 겨. 아따 제미,
시물니물 묵은 홍어 밑구녕도 식초 한 방울 떨어뜨리면 오
동보동해지듯이. 워째서 암 말 읎어? 툭허면 나가 자구 온
다구 바깥양반 구박헐 일이 아니라니께 그러네. 그 뭣이다,
이쁜이계가 산도産道를 초산 전 생김새대로 돌이켜 주는 봉
합 수술계여.

어떤감?
이녁도 솔깃허는 겨?
가자미눈 뜨는 것이.
-「이쁜이계」 전문

앞선 작품에서 남성의 성기가 문제였다면 여기서는 여
성의 생식기가 문제가 되고 있다. 모두가 세월의 흐름이 야
기한 문제이다. 아이를 출산한 경험이 쌓여서 "이쁜이가
헐렁이"가 되었다는 것, 그래서 바깥양반이 "툭허면 나가
자구 오"는 일이 빈번해졌다는 것, 그래서 지아비의 관심
을 회복하고 성애적 욕망을 실현하기 위해 "헐렁해진 이쁜

이를 오리 주둥이 같은 걸로다 떡 벌여놓구 양말짝 뒤집듯 홀랑 뒤집어설랑 좁으장허게 꼬매는" 것이 "이쁜이계"의 취지이다. 그러니까 이쁜이계라는 것은 "산도를 초산 전 생김새대로 돌이켜 주는" 것이 목적이라는 것인데, 여기에는 시간의 파괴적 힘을 무산시키고 다시 시간을 거슬러 올라 회춘하고자 하는 욕망이 투영되어 있는 셈이다. 그런데 "이쁜이계"라는 제목에 주목해 보면, 이러한 욕망이 특정한 사람에 국한되지 않고 모든 사람에게 해당되는 보편적인 것임을 짐작할 수 있다. 시간의 힘을 거슬러 성애적 욕망을 회복하고자 하는 노력은 어쩌면 유한한 인간이 역동적인 삶의 끈을 이어가려는 생존 노력일 것이다. 그렇기 때문에 이러한 노력에 대해서 연민과 공감의 정서가 발동되는 것이다. 마지막으로 역시 유한한 인간의 욕망이 산출하는 연민의 정서를 표출한 작품을 한 편 더 읽어본다.

팔십 대 한 노인장이
건강검진 받고 있다.

진찰 끝낸 의사 선생, 심장 박동 소리 심상치 않다며 몇 가지 묻는다. "담배 피우시나요?" "아니요." "약주 많이 하십니까?" "아니요." "지금도 성생활 하고 계십니까?" "네."

"이런 말씀 드려 송구하지만 심장 박동 소리 이상이 성생활과 관계있어 보입니다. 성생활 빈도수를 반으로 줄이시지요."

"반이라…
'보는 것', '상상하는 것',
어느 쪽을 줄일까요?"
–「어느 노인장」 전문

"팔십 대 한 노인장"이 건강검진을 받는 풍경이 묘사되고 있는데, 80년의 풍상을 겪어온 시적 인물은 이제 금욕과 절제의 삶을 실천하고 있다. 그는 담배를 끊었고, 술도 마시지 않으며 건강관리에 신경을 쓰고 있다. 그러나 팔십이 되었지만, "성생활"은 여전히 지속하고 있다. 이러한 시적 구도에서 우리는 성적 에너지라는 것이 곧 생명의 에너지와 통하고 있다는 시적 인식을 읽어낼 수 있다. 그런데 노인의 성생활이라는 것은 육체적인 영역에 해당되는 것이 아니라 관음증과 같은 시각의 영역이자 상상의 영역에 국한된다. 팔십이 넘도록 실천하고 있는 노인의 성생활이란 '보는 것'과 '상상하는 것'이라는 차원에서 이루어지는 것으로서, 육체적 감각 이후의 영역에 속한다. 그러니까 인간의 성적 욕망이란 육체적 능력이 다하고서도 이어지는 것이라는 점, 다시 생각해 보면 삶이 끝나지 않는 한 육체적 능력 이후에도 여전히 붙잡고 있어야 하는 것이라는 시적 메시지를 읽어낼 수 있다. 이러한 차원에서 이루어지는 성적 욕망은 생명의 약동을 시사하기보다는 연약하고 유한한 인간이 지닌 삶에 대한 애착과 의지를 환기한다는 점에서 연민과 동정의 정서를 산출하게 된다.

4. 성담론 시조집의 의미

이상으로 윤금초 시인이 구축한 골계적 미학의 결정판이라고 할 수 있는 성담론 시조집의 작품 세계와 의미를 살펴보았다. 삶에 달관한 듯한 태도와 유연하게 흐르는 시적 어조, 그리고 안동의 하회탈 같은 마음으로 삶의 굴곡을 헤아리며, 성적 욕망에 대한 유한한 존재들의 몰입과 집착을 통해서 해학과 골계의 미의식을 담아내는 유장한 가락은 오랜 시간 현대시조를 창작해 온 대가의 풍모를 느끼게 해준다. 인간이 타고난 진솔한 욕망과 그것의 다양한 양상, 그리고 인간이 지닌 현실적 욕망에 대한 솔직한 실정 실감의 표현은 조선 후기 활발해진 사설시조의 미의식을 계승

하고 있다고 할 수 있다. 그런데 윤금초 시인의 성담론은 단순히 인간의 성적 욕망을 해학적이고 골계적인 차원에서만 접근하는 것이 아니라 생명과 욕망에 대한 긍정의 시의식으로 끌어올리고 있으며, 또한 성적 욕망에 담겨 있는 유한한 인간의 비애와 애수를 읽어내고 있다는 점에서 따뜻한 연민과 동정의 시 의식을 확인할 수 있다. 음담패설과 같이 다소 통속적일 수 있는 주제를 다루면서도 그것을 연약한 인간에 대한 깊은 이해와 공감의 시학으로 확장해 가는 시 의식에서 윤금초 시인의 성담론 시조의 의미가 결코 가볍지 않음을 확인할 수 있다.